月光男孩
Moonlight Boy

溫小平◎著　恩佐◎圖

月·光·男·孩 .... Moonlight Boy

②

（自序）◎溫小平

想念班上
那位白白的男生

　　忘了跟他是幾年級開始同學，只記得，他的皮膚很白。

　　他真的很白，我懷疑他是用牛奶洗澡的。

　　他剛好也姓白。

　　在我的日記中，我稱他「白白」。

　　他的功課很好，跟我不相上下，有時候，他第一，我第二；有時候，我第一，他第二。

　　升旗的時候，他喜歡跟我並排走，牽我的手，我卻把他的手甩得老遠。

　　因為，我不喜歡他，覺得他太像女生。

　　我喜歡班上一位皮膚黝黑的男生，粗獷的外表，高高的個子，迷人的眼睛，好像夜裡會說話的星星，只是他不是對

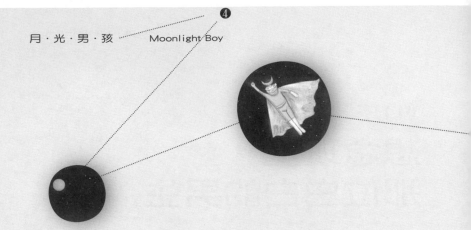

我說話，因為他的成績不好，在他眼裡，我跟他不同國。

　　於是，我的眼光癡迷地望著黑男生，而白男生的眼光卻望著我。

　　不知道為什麼，在我幼小心靈裡，一直認為，男生就應該是黑黑的，女生就應該是白白的。

　　所以，我討厭自己的不夠白，也不喜歡他的太白。

　　若干年後，我們都念了大學，舉行小學同學會，黑、白男生都出現了，白男生跟我聊著別後，我的眼光越過他的肩膀，望著依然酷帥瀟灑的黑男生。

　　白男生主動邀我跟導師一起合照，這一回，我沒有拒絕

他，但是心裡卻不停祈禱著，黑男生走過來找我合照。直到分手，互道再見，黑男生始終保持酷酷的距離，沒有跟我要電話號碼（其實，那時候我家還沒有電話）。

沒想到，之後，黑男生竟然寫信給我，在他以海為家的日子中，我的信陪伴著他，他下船以後，我們開始交往，可是，很快就分手了。

這時才想到白男生的好，但等我想跟他聯絡，問他好不好，卻再也找不到他的下落。

聽說，他出國留學了，聽說，他很有成就很有成就。

我為他高興，因為他到了一個滿街都是白皮膚的國家，再也沒有人會嘲笑他的白。

　　若干年後，我注意到一則新聞，一位皮膚白白的男生，聲音細柔、喜歡打毛線、研究烹飪，但是，在學校受盡欺負、被人嘲笑他「很娘」，只好悄悄的趁沒人去洗手間時，獨自如廁，不小心滑倒撞傷頭部，因為沒人發現，流血不止而意外過世。

　　我看了，深深嘆了一口氣，心底抽痛著，然後就想起小學時的白男生，多年不見，不知道他好不好？

　　為了彌補對他的虧欠，也為了喚起大家不要以「膚色」論斷人，並且破除男生應該陽剛、女生應該陰柔的迷思，於是，心中湧現《月光男孩》的故事。

　　從曉白亟欲曬黑、塗黑、抹黑的過程中，他的身邊出現了另一位皮膚黝黑、渴想美白的女生——凱弟（有點像我自

己的投射），兩人共同面對膚色帶來的異樣眼光。

當我們學會了愛自己、肯定自己，不管我們是一個什麼樣的人，是黑是白、是胖是瘦（看看《我是劉乃蘋》這本書吧！）、是成績好成績差（看看《沒有城堡的公主》這本書吧！），我們都可以對自己、對別人大聲說──

「我很棒！我真的真的很棒！」

（目錄）

3・【自序】想念班上那位白白的男生◎溫小平

12・為什麼我的皮膚這麼白

24・哈利路亞，CHANGE！

32・月光俠的第一個任務

44・老天告訴我，好朋友在哪裡？

60・當我們坐在一起

74・原來他的膽子比我還小

88・跳到太平洋也洗不乾淨

100・拜託，我不要做乖乖牌！

114・我要證明我比別人強

126・他竟然比我還可憐

136・白雪公主走了，我也不想活了！

144・驚弓之鳥的鳥故事

156・珍珠奶茶與蛋糕夢

168・月光俠跟我說再見

為什麼我的
皮膚這麼白

　　穿著短短的三角內褲，馮曉白赤裸著身體，躺在屋頂花園的空地上。因為風的吹拂，四周的花草晃動著，偶爾飄過的雲朵影子短暫遮住了陽光，讓曉白皺起眉頭。

　　他挪了挪身體，背部皮膚接觸的磁磚，已經沾了汗漬，開始發燙。他想到媽媽煎魚的時候，為了讓微褐的顏色均勻，過一陣子就會翻動魚身；於是，他抬起背部，改換成腹部貼地的趴俯姿勢，讓背部同樣接受陽光的「烘焙」。

　　他在心裡默默計算著時間，再翻幾次身體，就能達到曬黑皮膚的效果。到時候，就不會有人嘲笑他：「曉白白，曉白白，曉白像粉筆一樣白；曉白白，曉白白，曉白像吸血鬼一樣白！」

　　又不是他喜歡這麼白，他生下來就是如此！

每個人在生日許願，大都是希望變苗條、成績變好，或是爸媽不要太忙、送他一台Wii。只有他，生日願望是——希望自己變黑一點！

好朋友林凱弟曾經跟他一起討論過，為什麼她這麼黑、他卻那麼白？結論是，曉白媽媽喝了太多牛奶，凱弟媽媽喝了太多咖啡，結果害他們

成了同學口中的「珍珠奶茶」。

於是，為了改變現狀，他跟凱弟悄悄約定，利用升國一的暑假，他天天曬太陽，她天天曬月亮，希望能夠角色互換，達成他們心目中理想的膚色。

到時，當曉白昂首闊步在校園中，他聽見的不再是嘲笑的聲音，而是讚美：「哇！他的膚色好好看，就像巧克力奶昔一樣。」

他不只要變成巧克力奶昔，最好是像爸爸愛喝的黑啤酒一樣！

他不斷翻身，越來越熱，皮膚開始感覺發燒、刺痛，頭也有點暈。接著，他發現自己竟然忘了帶水壺──會不會還沒曬黑，他已經曬乾、脫水了？曉白想要爬起身、下樓喝水，卻捨不得正午的太陽。

書上說的，中午十一點到下午二點的陽光最惡毒、最容易曬傷，所以他刻意選擇這個時段，執行他的「曬黑計畫」。

他彷彿走在沙漠地帶，又好像到了埃及，眼前出現金字

塔，還有人面獅身像。他變成了法老王，一個長得太白的法老王，大家喊著，「他太白、他太白，沒有資格當國王！」

周遭實在太吵，他揮動著手，想要驅走這些聒噪的聲音，可是，聲音卻越來越大。他剛要抬起頭，一陣暈眩，整個人趴了下去，變成一隻再也無法活蹦亂跳的煮熟蝦子！

當他悠悠醒轉，睜開的眼睛卻接觸到許多張大小不等的臉孔，忽遠忽近的好像恐怖片。他晃晃頭，用力閉了閉眼睛，再度張開，聽到七嘴八舌的女生說，「醒了，醒了，弟弟醒了！」

他從小聽這些女生的聲音聽了十二年，再熟悉不過。但，他不是在頂樓花園嗎？怎麼會落入這些「女魔頭」的手裡？

他掙扎著想要坐起來，立刻聽到大姊曉紅尖聲怪叫，「弟弟，你乖乖躺好，不要亂動，不然皮膚會破幾個大洞。你瘋了啊！誰教你去曬太陽的？想做日光浴也不是這樣曬法！」

接到放暑假在家的姊姊們連環call的電話，立刻趕回家的媽媽則慌忙說，「我剛剛回來的路上跟幾個姊妹淘聯絡過，她們說把弟弟放在加了檸檬片和冰塊的浴缸裡浸泡，就可以消腫。」

每次都跟大家唱反調的三姊曉紫卻說，「既然弟弟這麼想變黑，妳們就成全他吧！幹麼要阻攔他？」

「妳少囉唆！快去7-11買冰塊，丟進浴缸裡。快點，不然就會起水泡了！」媽媽瞪了曉紫一眼，阻止她繼續說下去。

「本來就是嘛，他是人在福中不知福！我想盡辦法要變白，卻白不了。哼！怪胎。」曉紫雖然這麼說，她還是心疼曉白這個唯一的弟弟，趕緊拿錢去買冰塊。

大家七手八腳的抬起曉白時，他仍不放棄最後的掙扎，「放我下去、放我下去！太陽的威力快要減輕了，我只要再曬一下下，求求妳們，妳們知不知道我好痛苦……」曉白的淚水溢出眼眶。

他記得小學畢業典禮那天，全家到牛排館慶祝。他上廁

所時，遇到一位長得黑黑乾乾，沒有刷牙、滿嘴臭味的怪叔叔，趁他尿尿時，不斷摸他的臉和手，還說，「小妹妹，妳是不是跑錯廁所了？」

他氣得來不及分辯自己是男生，就被嚇得拉上褲子拉鍊，快速衝出廁所⋯⋯。那種噁心的感覺，到現在還停留在他的腦海裡！

可是，似乎沒有人聽到他的求援，她們還是把他扔進了浴缸，小小的浴室或站或蹲的塞滿一堆人，他彷彿變成動物園的熊貓，一輩子都要在眾人的眼光下度過，不斷的被評頭論足。

泡澡完畢後，媽媽摸摸他的額頭，「嗯！好像沒那麼燙了。幫他擦乾，抬到床上去。」

大姊曉紅已經在床墊上灑了爽身粉，曉白就這麼被抬到床上，溼溼的三角褲還黏著皮膚。二姊曉藍走了進來，發號施令，「妳們把弟弟褲子脫掉，我要替他全身塗蘆薈膠，可以很快鎮定、退紅⋯⋯」

「我不要，妳們走開！我自己脫、自己塗！」曉白用雙

手壓住內褲，不讓姊姊們動手。

「怎麼，你還害羞？小時候都是二姊幫你洗澡，你身上有什麼地方我沒看過！」

「我就是不要……」曉白的身體因為進入青春期，已經起了某種變化，所以他堅持不讓二姊脫褲子，不希望再像小時候一樣，被大家看光光！

「好啦！不脫就不脫，就穿著褲子塗蘆薈膠吧！」擔心多延誤片刻會加劇燙傷的媽媽打了圓場。

就這樣，塗了滿身蘆薈膠的曉白，直挺挺躺在冷氣房的床上，好像一隻燙熟、沾滿芥末醬的蝦子，任何人都可以一口吞了！

媽媽、姊姊都離開身邊，暫時還他一點清靜。他打量著沒有塗到蘆薈膠的皮膚，泛著粉紅。他在網路上查過資料，皮膚曝曬後，剛開始會泛紅，接著就變黑，即使塗了蘆薈膠，也只是降溫、減少刺激──他應該還是會變黑的！

他總算鬆一口氣，慢慢睡著了。夢裡，他變成非洲王

子,每個人都來膜拜他,不停呼喚著,「小黑王子,小黑王子,你是我們的黑英雄!」

他也舉起手來,揮舞著,「謝謝大家,謝謝大家,我們一家都很黑。」

「黑什麼黑?」啪的一巴掌拍到曉白的額頭上,他整個人立刻嚇醒。從掌心的觸感,曉白猜到是全家最不疼惜他的爸爸。之前,爸爸處罰他做伏地挺身時,大姊曾經抗議過,「爸,你懂不懂得憐香惜玉?」

「憐香惜玉?妳們有沒有搞錯啊,他是妳弟弟,不要把他搞得男不男、女不女!」

「爸,我抗議,你這樣說話有性別歧視的嫌疑!」現就讀大學、經常參加女權活動的二姊曉藍,也加入圍剿爸爸的行列。

「好好好,妳們這些娘子軍,爸爸說不過妳們!」

雖然如此,爸爸還是不放棄任何教訓曉白的機會,希望在「女生宿舍」長大的他具有男性氣概!

「曉白,你說,為什麼跟自己過不去?你想曬太陽自殺

啊！」看到兒子的慘狀，爸爸怒吼著，為了避免家中的娘子軍衝進來護衛，事先把房門反鎖了。

曉白嚇得流下眼淚，吞吞吐吐的說，「我沒有要……自殺，我想曬……黑！」

「不‧許‧哭！」爸爸大聲喝止，「你明明就是自殺！你生爸爸的氣，就想傷害自己來報復我，對不對？你沒聽美術班的林老師說，她家的狗在屋頂陽台逗留二十分鐘，就中暑死掉──這已經是今年暑假第二起熱死狗的命案了！你開什麼玩笑？我馮大龍就你這麼一個兒子，你媽再也生不出來了，所以你給我小心一點，不准再拿自己的生命開玩笑！」

爸爸氣呼呼的走來走去，不時仰首嘆息、低頭跺腳，為這一個期盼了許久，卻長得像女生、個性也像女生的曉白憂心不已。

「可是，爸爸，我還是想要變黑！」曉白仍低聲做著困獸之鬥。

爸爸搖搖頭，「為什麼要變黑呢？這個世界已經太黑了……」

　　因為爸爸停留的時間太久，房裡又傳出哭泣聲，媽媽不停敲著房門，「大龍，開門哪！你不要嚇壞曉白！」

　　為了成全曉白的心意，全家人罵歸罵，還是很挺他。在爸爸的「閉門教育」後，大家幫他擦拭掉蘆薈膠、穿上衣服，決定帶他去餐廳吃大餐進補，而且幫他點了墨魚麵、黑豆湯、黑糖冰……希望他能完成變黑的夢想。

　　「怎麼樣？過癮了吧！你最好經常來一次這樣的驚人之舉，我們就有機會吃大餐了！」三姊曉紫酸溜溜的說。

　　晚年得子的媽媽制止她，「妳少亂講，不說話沒人當妳是啞巴！妳弟弟哪禁得起這樣的折騰？太可怕了！妳爸說的，再晚五分鐘發現，妳弟弟就成了『鐵板燒』！」

　　曉白邊吃墨魚麵，聽到這話，邊流下眼淚。他知道全家人說話雖然針鋒相對，但是他感覺得出來，大家真的很愛他。只是，為什麼他們都長得比較黑，唯有他那麼白？其中藏著什麼祕密嗎？難道他是媽媽借腹生子的小孩？

哈利路亞，
CHANGE！

　　一般人像曉白曬得這麼嚴重，一定會脫皮，像隻小花貓。可是，曉白卻不一樣！

　　剛開始，皮膚紅腫造成的疼痛，讓他幾乎很難平躺著入睡，只有臀部沒灼傷的部分可以靠著床墊，於是他只好半坐半靠著睡覺。忍耐了幾天的睡臥難安，以為可以得到某種代價──誰知道，紅腫消退之後，皮膚竟然又恢復原來的白皙！

　　曉白站在椅子上，面對著浴室鏡子，仔細檢查每一吋皮膚，心中默禱，即使只有一平方公分變黑也好，這表示太陽還是有威力的！

　　可是，反覆檢查之後，他失望──不，絕望了！竟然沒有一塊皮膚是黑的！他忍不住嚎啕大哭，不懂為什麼他無法

變黑。

　　林凱弟只不過出門到巷口買冰棒，一時忘記帶陽傘，穿短袖露出來的臂膀，就立刻快速變黑。

　　他們兩個人如果可以互換身體，那該有多好！

　　當他跟林凱弟發洩一肚子牢騷時，他說出這樣的看法。

　　雖然林凱弟是女生，但因為他倆從小就是鄰居，幼稚園、小學都是同學，已經變成超脫性別的朋友，他把林凱弟當男生，林凱弟把他當女生，兩個人無話不談。連林凱弟來MC、曉白長了恥毛，他們彼此都會興奮的吃炸雞慶祝。

　　即使同學幫他們取了個「黑白配」的綽號，硬把他們配成一對，他們也不會生氣，因為兩人知道，彼此會做一輩子的朋友，絕對不是情人！

　　聊啊聊的，林凱弟突然問他，「你有沒有發現一件怪事？我跟你同年同月同日生，我們媽媽都在同一家醫院生小孩，會不會我們兩個被抱錯了？你應該姓林，我應該姓馮？」

　　抱錯？曉白愣住了，會是這樣嗎？還是他們的爸媽故意

交換小孩，因為他們兩家本來就是好朋友，而他爸爸想兒子想瘋了，偏偏媽媽生的又是女孩？

「可是，我媽說她生我的時候，窗外灑下滿地的銀白色月光。妳不是正中午出生的嗎？那怎麼可能弄錯？除非是有計畫的！」

曉白說到這裡，不由一陣毛骨悚然。他的出生真是一則謊言嗎？因為林凱弟前面是兩個哥哥，而她爸爸很喜歡女兒，所以林凱弟在家裡很得寵，不像他，每次都被爸爸罵得半死⋯⋯。

聊到這裡，他們經過一家便利商店時，凱弟問曉白，「我口渴，去買飲料喝好不好？」

正要進入便利商店時，兩人看到一個高中模樣的男生在門口跟女生起了爭執，電動門不停的開開關關，店員出來請他們移開位置，男生竟破口大罵，「你沒看到老子在跟我馬子吵架？」

女生反而比較講理，拉了拉他的袖子，「走啦，不要在這裡說話！」

　　男生竟然一巴掌甩在女生臉上，回罵她，「妳又不是我媽，敢管我！」

　　這場男女間的戰爭，女生顯然是弱勢，曉白很生氣，脫口說：「男孩子怎麼可以欺負女生？」他往前跨了一步，想要阻止男生。

　　男生瞪了他一眼，「你幹什麼？娘娘腔，少管閒事！」

　　林凱弟看情況不妙，立刻拉了曉白一把，「走啦！不關我們的事！」

　　曉白想要揮掉凱弟的手，但是她力氣比較大，他悻悻的說，「妳平常最喜歡見義勇為，為什麼阻止我？」

　　隔了一段距離，凱弟才說，「你以為憑你可以救得了那個女生嗎？好漢不吃眼前虧！」回頭卻發現曉白坐在花圃邊掉眼淚。她拍拍他的肩膀，「怎麼了？我只不過說你一、兩句，你就生氣啦？」

　　曉白卻哭得更大聲，「我不是男生啦！想要幫女生的忙，卻沒有辦法……，我真沒用，好丟臉！」對曉白來說，女生就像自己的手足，他眼前不停晃動著剛剛被男生甩了耳

光，披頭散髮、嘴角有血跡的女生那張蒼白的臉。

「好吧！想哭就盡量哭，面紙給你，不夠再告訴我。」凱弟跟曉白從小一起長大，早就習慣他「比水龍頭更水龍頭」的眼淚，只有讓他哭夠了，才能重新面對自己。

好奇的路人停下腳步，凱弟立刻解釋，「我沒有欺負他喔！他電視看多了，學星光幫那些男生在哭啦！」她就像曉白的護衛天使，環胸坐在路邊的椅子上，「我在一旁等你，如果哭完後我睡著了，記得叫醒我！」

曉白擤了擤鼻涕，用力的嘆一口氣，「妳是不是也覺得我不像男生？」

「到底什麼是男生或女生？是器官不同？個性不一樣？好像沒有標準答案耶！我的感覺不重要，重要的是你怎麼看自己！」凱弟望著矮她五公分的曉白說。

曉白抬起頭，看著昏黃天空中已經露臉的朦朧月亮，幽幽的說，「我如果可以變成月光大俠，那該有多棒！就像蝙蝠俠、蜘蛛人、超人一樣，在大家有需要的時候突然出現，穿著月光般的銀白色飛行裝，在每個有月亮的晚上出現，而

且……而且我只幫助女生，打擊壞男生！」

　　「我也這麼幻想過，一覺醒來就變成又白又苗條的女生，許多男生圍繞著我，好像我是公主一樣，只要勾勾小指頭，那些男生都願意做牛做馬、學狗叫！可是，想歸想，從來沒有實現過。但是，我其實很討厭這種嬌滴滴的女生，真的很矛盾。」

　　「為什麼我們不能隨心所欲？真煩厭！」曉白踢著路邊的石頭，抬頭望著彷彿是蛻了幾層皮的白千層樹幹，若有所思的說，「白千層大概也不喜歡自己長這個這樣子吧！永遠蛻不完的皮。」

　　「我上次聽朋友說了一個故事──如果你想要帶來改變，可以專心想著那件事，然後大叫三聲『哈利路亞，CHANGE！』」

　　「這是什麼意思？」曉白感興趣的問。

　　「『哈利路亞』好像是讚美上帝萬能的意思，『CHANGE』就是英文字的改變啦。你要不要試試看？」

　　「哈利路亞……」曉白突然停頓下來，「我三姊來了，

她是我的死對頭，完蛋啦！」

　　這時，曉紫已經衝過來，拍他腦袋，「好小子，你在跟凱弟偷偷談戀愛是不是？年紀輕輕不學好，當心我跟爸爸說！」

　　「哈利路亞，哈利路……」他好想立刻變成一隻鳥飛走，可是，一緊張就變得結巴起來。

　　凱弟比他鎮定，跟曉紫說，「三姊，妳覺得我們像是一對戀人嗎？誣告別人是犯法的行為喔！況且，我真的要談戀愛，就絕對不會偷偷摸摸的！」

　　趁著這個機會，曉白說了聲：「再見，凱弟！」就一溜煙跑開，還邊喊著，「哈利路亞，CHANGE！哈利路亞，CHANGE！」好像只要這樣做，在頃刻之間就會實現願望，讓他變成……變成月光大俠！

月光俠的
第一個任務

　　三姊曉紫好像跟曉白結了幾百年的仇，只要逮到機會，就跟爸媽告狀，希望大家更討厭曉白，為她自己多爭得一點寵愛。

　　所以，當她發現曉白整個暑假都跟凱弟膩在一起，再加上撞見他們兩個親密的咬耳朵說話，衝進家門後，她立刻先發制人，誇張的大叫，「媽、媽！不得了了，曉白跟凱弟在談戀愛，小心妳要提早做奶奶囉！現在奶粉、尿布都那麼貴……」

　　「妳在胡說八道什麼？給鄰居聽到會笑死！曉白什麼都不懂，凱弟又像個男生，他們會怎麼樣嗎？」二姊曉藍跳出來主持公道。

　　曉紫卻不以為然，「妳們實在太寵弟弟了！報上不是

說，有個全校模範生十二歲就做了未婚媽媽？萬一妳們被告了，不知道要賠多少錢？到時候別說我沒有事先警告妳們！」

剛洗完澡走出浴室的大姊曉紅說，「三妹，我知道妳在想些什麼。妳關心曉白當然很好，但不要因為他搶了妳的老么位置，就沒事找事。再怎麼說，他還是妳弟弟！」

「來，曉紫，過來媽媽這裡，不要氣成這樣。」媽媽拍拍曉紫的背，「還記得嗎？妳小學六年級時，小陶一家要移民美國，妳哭了一夜，還跟著去機場，說妳要和小陶結婚、不想跟他分開。現在呢？每當大家提起這件事，妳就說自己是年幼無知，上次小陶回台灣時，妳甚至還說跟他不熟，連飛機都沒有去接。所以啊，妳別替弟弟擔心，小孩子辦家家酒都不長久的。」

曉紫還想強詞奪理，「妳不信可以去問曉白，搞不好凱弟把他當作青梅竹馬的戀愛對象，早就已經私訂終身了！」

曉白對這種話題向來不感興趣，很想遠離起火點，可是，隔著房門聽到這裡，他忍不住走出來，表達心中的疑

問，「既然妳們都這麼關心我，有沒有人可以告訴我，什麼叫作戀愛？怎樣判斷兩個人是不是在戀愛？」

大姊曉紅說，「戀愛就是你很喜歡對方，很想跟對方接吻。」因為她已經交過一個男朋友，也獻出了初吻。

二姊曉藍說，「戀愛就是你跟對方分開以後，還是分分秒秒想著對方。」她這麼說，是因為前男友很少想她才分手的。

三姊曉紫說，「戀愛就是不論你有什麼開心事，都想馬上告訴對方……。你跟凱弟就是這樣，對不對？」

媽媽則做了最後注解，「戀愛就是你喜歡對方，想要一輩子跟對方住在一起、睡在一起，生下彼此的孩子。」

曉白鬆了口氣，「呼～那妳們可以放心了，我一點也不會想吻凱弟！我只要想到就覺得噁心，好像她變成了吸血鬼，會把我吸乾一樣！」

媽媽摟著曉白說，「對啦，媽媽吻你就可以，因為你是我的小寶貝！」

說著，媽媽的臉湊了過來，但曉白猶如碰到水蛭般，即

刻跳開來，用力揮手，「誰吻我都不可以！」他衝回房間，把門關起來，阻絕這些女生的奇怪想法。

　　曉白坐在書桌前，望著剛剛開啟的電腦，呆了幾秒鐘，聳聳肩，發現自己沒什麼興趣，隨手又關了機。他翻開速寫簿，抓來一枝筆，在空白頁上面胡亂畫著：

　　一個男孩子，坐在樹下，不小心睡著了。一隻毛蟲垂下來，落在他的嘴唇上，偷偷吻了他，讓他的嘴唇腫得比毛蟲還肥！

　　一個男孩子，躺在床上，發著燒，媽媽在他額頭放條冰毛巾，趁著他在昏睡，偷偷吻了他，結果，他睡了三天三夜都醒不過來！

　　一個男孩子，坐在公園裡發呆，一隻小狗跑過去，搖著尾巴，又跳又叫。小狗舔著他的臉、他的嘴，他跟小狗躺在草地上打滾，笑得好開心，就像他也變成了狗！

　　他訂了個題目：「接吻以後」，連自己看了都覺得好

笑。然後，他躺在床上，越笑越大聲，什麼時候睡著的，自己都不知道。

　　幾天後，凱弟打電話來，說要告訴他好消息。為了避免遇見喜歡八卦的三姊曉紫，曉白決定跟凱弟約在附近的公園見面。

　　凱弟關心的問他，「曉紫姊姊都不出門約會嗎？」

　　「算了，她是我們家的怪物，不論男女，誰看到都會怕！所以每次放寒、暑假時，我總是又憂又喜，因為她愛管閒事到讓人覺得恐怖的地步，真希望她四技二專考到外縣市去……不要談她了，妳找我到底有什麼事？」

　　「好消息和壞消息，你要先聽哪一個？」凱弟笑咪咪的問他。

　　「我先聽好消息，聽了以後，心情變好，再知道壞消息就不會那麼難過！」曉白跟一般人喜歡先苦後甜的想法不同。

　　「那麼，好消息是我們國中分在同一班，我又可以做你

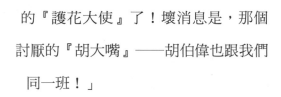

的『護花大使』了！壞消息是，那個討厭的『胡大嘴』──胡伯偉也跟我們同一班！」

「啊？」聽到胡伯偉的名字，他就不寒而慄。念小學時，不管曉白如何跟他保持距離，他都會想盡辦法惡整曉白，甚至有一次在曉白經過的門框上，放了一罐墨汁，淋得他從頭到腳一身黑。曉白氣憤的跟他理論，胡伯偉還說，「你不是喜歡變黑嗎？我幫你實現願望，你應該感激我！」

「唉！國中已經夠痛苦了，還要應付他？只好樂觀一點啦！說不定經過一個暑假，他脫胎換骨了……」曉白苦笑著安慰自己。

凱弟翻翻白眼，「你知道嗎？我家養了一隻狗，每次不管牠吃得多飽，還是喜歡吃自己的大便，就算我媽氣得打

牠，仍然照吃不誤。所以說，胡大嘴的口中，八成也吐不出象牙！」

「哇！妳好厲害。妳罵他，竟然說得這麼溜！我就不敢這樣做，老爸會要我用肥皂洗嘴巴，老媽會罰我面壁思過，三個姊姊更會輪番疲勞轟炸，把我炸成焦炭……唉！有時候想想，當一個乖小孩，真的很累。」曉白聳了聳肩。

林凱弟站起來，在他面前走來走去，「你這樣下去不是辦法，萬一承受不了壓力，我又剛好不在身邊，你自殺了怎麼辦？你一定要找個排遣壓力的方法。我媽就說過，我爸有一陣子天天加班，她懷疑他外遇、交了別的女朋友，天天跟我爸吵架，都快得到憂鬱症……。後來，她去一家老人中心當志工，沒時間擔心我爸，心裡的壓力就排解掉了。」

曉白搖搖頭，「不可能，我家管得這麼嚴，不會准我亂跑的。」

凱弟用力拍了拍曉白的背，「我想到了！你可以參加漫畫比賽，聽說前三名可以去日本旅遊，還能跟漫畫大師見面喔！說不定得獎以後，你可以像幾米叔叔一樣，天天畫畫，

就不會有壓力了。」

「去日本多無趣？如果去非洲就好了，我還可以問黑人是怎麼變黑的！」

「我覺得你中毒比我還深！我雖然黑，還不會想白想到發瘋。我要回家吃晚飯了，我會把參加漫畫比賽的辦法傳給你，自己考慮看看，好像還有獎金呢！」

林凱弟走遠後，曉白邊自言自語，邊慢慢走回家，「獎金有什麼用？還不是會被媽媽沒收。唉，我真是個可憐的小孩。」

吃完晚飯以後，念大三的大姊去家教，二姊、三姊和媽媽一起看《超級星光大道》，爸爸則在公司趕他的建築圖。曉白看了一會兒電視節目，覺得有些無聊──這些「星光幫」男生好愛哭喔！平常罵他「愛哭鬼就做不了頂天立地大丈夫」的二姊，卻邊擦著眼角的淚水邊說，「好口愛，好口愛！」

趁大家不注意，他獨自走到屋頂花園。這是除了自己的臥室窗口外，他第二喜歡的地方，在這裡不但可以跟月亮說

話，還能想像凱弟曬月亮的模樣，更可以在花草樹木之間玩叢林遊戲。

今晚的月亮特別圓、特別亮，好像伸出手就可以摸到。每道月光都像一根銀白色的柱子，一道、兩道、三道……，他數著數著，發現竟然有十二根月光柱！他走到月光柱圍繞的中心點，舉起雙手，一直轉、一直轉，腦海浮現凱弟跟他說的故事──只要大喊「哈利路亞，CHANGE！」就可以改變現況。

於是，他不停轉、不停喊著「哈利路亞，CHANGE！」。說也奇怪，銀白色月光照在他身上，竟起了奇妙的變化──他身上彷彿披著一件銀白色披風，接著整個人飛了起來，離開屋頂花園，飛越許多人家的屋頂！

剛開始，他還有些害怕，但慢慢的，他感受到風輕柔的從耳邊掠過，自己彷彿被月光織成的毯子托住，飛過橋梁，穿越河流……他停在一間公寓的三樓陽台上，屋裡卻傳來男孩的哭泣聲。

他探頭進去張望，是一個比他年紀略大的小哥哥，正抽

動著肩膀邊哭邊說，「我不要去補習，我要參加學校的棒球隊！」

「打球有什麼出息？你爸爸不要我們了，你可要爭氣點，將來念台大、讀哈佛，讓你爸爸看看，我一個人也可以把你教得這麼棒！」身上繫著圍裙的媽媽大聲說。

「可是、可是，王建民打棒球也可以當台灣之光啊！」

媽媽惱羞成怒，「不要再說了！你住在家裡，吃我的、穿我的，就要聽我的！你如果不去補習，以後也不要上學了！」

曉白飛進窗口，不知道哪裡來的力量，輕輕抱起男孩，帶他到陽台上。媽媽嚇得追出來，曉白停在半空中對她說，「如果我今天就把妳的孩子帶走，讓妳永遠都看不到他，妳還是要逼他去補習、做他不喜歡的事情嗎？」

媽媽發著抖，邊哭邊爭辯著，「我是為他好啊！不補習，怎麼跟得上別人？」

「妳寧願逼他放棄棒球，每天都不快樂，只是為了滿足自己的驕傲嗎？妳這樣根本不是愛他，只是愛妳自己啊！既

然妳不愛他，那麼，我決定不把他還給妳！」曉白竟然說出如此有智慧的話。

媽媽這才抬起滿是淚痕的臉說，「我愛他，我要他快樂！我不逼他了，你把他還給我吧！快還給我，我不能失去他！」

曉白點點頭，將男孩交給她。媽媽緊緊抱住失而復得的孩子，兩個人哭成一團。曉白揮動著銀白色披風，飛離窗口，男孩張開淚光盈盈的眼睛，對他說，「月光俠，謝謝你！」

聽男孩這樣說，曉白的情緒激動起來，月光俠，月光俠，他真的變成幫助人的月光俠了！

他摸著自己的銀白色披風，卻觸手一陣冰冷──他竟然躺在屋頂花園的地上睡著了，嘴角還流著口水，可見他睡得很沉、很熟。曉白渾身痠痛，彷彿剛經歷過很長的旅程。

他坐了起來，一時無法釐清是夢是幻，隱隱然有個想法，在瞬間成形──他要畫出「月光俠」的故事，參加漫畫比賽！

老天告訴我，
好朋友
在哪裡？

　　從小到大，大家都必須經歷許多陌生環境，這也是馮曉白逃不掉的場景。例如念幼稚園、升小學，還有進入國中，雖然他很不喜歡，但每次都得硬著頭皮迎接……，然後留下驚天動地的紀錄，每年被姊姊們拿出來嘲笑一遍。

　　他第一天念幼稚園時，緊抓著媽媽的手不放，哭喊著：「媽媽不要走，我好害怕，媽媽！」因為哭得聲嘶力竭，好像被綁票一般，嚇得全幼稚園的老師都跑過來，想要幫助他停止哭泣。後來還是園長比較有經驗，請媽媽進教室陪曉白上課、玩遊戲、聽故事，差不多過了一星期，曉白才開開心心的坐上娃娃車，跟媽媽揮手說「再見」，到幼稚園上課。

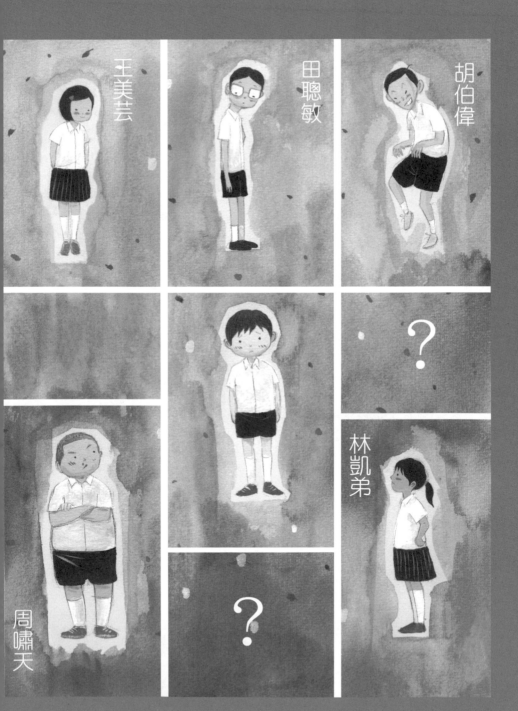

　　小學時，媽媽心想曉白已經長大，應該沒問題了；誰知道，她轉身剛走，他一個人站在校門口，彷彿進入沙漠，只看到仙人掌、禿鷹和駱駝，見不到任何人，慌張得不得了，竟然嚇得尿溼褲子，「哇！」的一聲，又把媽媽哭回學校。

　　這一次，老師不答應媽媽進教室陪伴，理由是：「如果妳再這樣寵曉白，他永遠長不大，像個沒有斷奶的小孩！」媽媽只好站在教室外探頭探腦，只要她的身影稍微被窗子遮到，曉白就會皺起眉頭，臉漲得通紅，似乎下一秒就會哭出來。

　　若不是後來認識林凱弟，而且跟她同學七年，得到她無微不至的照顧，他真的不知道自己要如何平安度過小學生涯。

　　所以，接到國中的新生訓練通知，曉白開始坐立不安。雖然他知道凱弟跟他同班，還是擔心遇到一些比胡伯偉更愛惡作劇的同學；進了國中，說不定大家的道行更高，他受到的羞辱更大！

　　凱弟跟他說，「放心啦！我會像念小學一樣罩你，誰敢

欺負你，我就跟他拚個你死我活！」

　　沒想到曉白卻搖搖頭，「我想，還是自己去學校好了。妳不要來我家等，我一定要克服這個難關，不能靠妳一輩子。」他鼓足勇氣說出想法，其實心裡七上八下。因為三姊提醒他，太依賴凱弟，以後會離不開她；萬一不跟她結婚，就對不起她，變成一個讓女生唾棄的負心漢。

　　他不怕被女生唾棄，只是不喜歡負心漢這個名詞──只有別人對不起他，他不能對不起別人！

　　凱弟氣得直跺腳，「哼！你不讓我保護，到時候被欺負了，不要又來找我。」

　　話是這麼說，但新生訓練那天早上，林凱弟還是提前到曉白家門口，等到曉白出門，悄悄跟蹤他。曉白一路東張西望，心中充滿矛盾：他既希望凱弟現身，又期待她不要出現──他要試試看，自己到底能撐多久？

　　他邊走邊回頭，剛要到校門口時，竟然在紅綠燈號誌前，遇到最不想遇見的人──胡伯偉！對

方一看到他，就誇張的說，「馮曉白，好久不見！現在牛奶這麼貴，你暑假還用來洗澡啊？你真的越來越白了，白得就像——牛奶公主！」

曉白牢牢記住凱弟的叮嚀：面對無聊的人，最好的方法就是相應不理，對方自討沒趣，會乖乖走開。所以，他加快腳步，衝過馬路，直奔校門。

誰知道，胡伯偉像強力膠般黏著他不放，緊追在身後繼續說，「我爸前陣子帶我去中國玩，我學了順口溜，你要不要聽聽看？曉白曉白，臉蛋白白；曉白曉白，屁股白白；曉白曉白，還有哪裡不白？」

曉白搗住耳朵，整張臉漲得通紅，不知道要罵人還是大哭？幸好舉著「一年和班」立牌的學長出現眼前，呼喊著：「和班同學跟我走。」他立刻走過去說，「我也是一年和班的。」

胡伯偉還是緊追不捨，接著說，「我也是。」就靠過來

伸手想要抱曉白。說時遲那時快，埋伏一旁已久的凱弟插進隊伍，擋在胡伯偉面前，回過頭說，「怎麼樣？你缺乏母愛啊？已經念國中了，還離不開媽媽的懷抱！」

「哼！妳給我記住。」胡伯偉見到林凱弟就沒輒，除了她學過跆拳道外，林爸爸還是胡爸爸公司的大客戶。六年級時，某天放學後，胡伯偉惡整曉白，藉口把他騙進女廁；沒想到同時被騙的還有林凱弟，兩人都被反鎖在裡面！凱弟一狀告到爸爸那裡，差點害胡爸爸損失這位大主顧。從那天起，胡爸爸就警告兒子，「你再惹她生氣，就不要叫我爸爸，自己去外面流浪！」

當學長領著他們幾個進入三樓的教室時，曉白望著一張張生面孔，又開始緊張了！就像媽媽有次帶他去泰國旅行，他在機場上完廁所出來，卻不見媽媽身影，觸眼所及都是陌生人——他們看來就像外星人，隨時會吃掉他，讓曉白又是一場大哭。

他選了個偏僻角落，避開凱弟，也避開胡伯偉，靜靜坐著。但身旁的女生突然跟他說話，「你叫什麼名

字？我叫王美芸。」

　　他的臉很快就紅了，小聲說，「我叫馮曉白。」

　　「請多多指教。」長得一張秀氣臉蛋、說話細細柔柔的王美芸老練的說，「你的皮膚很美，光光滑滑的好像煮熟的雞蛋。可以告訴我，你是怎麼保養的嗎？我的皮膚很敏感，只要被蚊子叮就會發炎，太陽曬過也會長疹子⋯⋯好討厭喔！」

　　曉白望了她一眼，依舊小聲的說，「我不知道。」他覺得很奇怪，王美芸為什麼找他說了這麼多話？她若參加演講比賽，一定不用準備稿子！

　　當全班同學輪流上台自我介紹時，王美芸說她爸爸是外交官，全家人曾在澳洲住過幾年。曉白這才恍然大悟，王美芸看起來比其他同學成熟的緣故。

　　當曉白上台介紹自己時，緊張得快要斷氣，連導師都出聲鼓勵他，「不要緊張，慢慢來。」他嚥了嚥口水，深呼吸好幾次，才

終於說出自己背了幾百遍的說詞：「我叫馮曉白，皮膚也很白，但是我很討厭自己這麼白。所以，請不要用我的白嘲笑我！」

當他走回座位時，王美芸很快的對著經過桌邊的他說，「對不起，我不知道你討厭自己的白，我為說錯的話道歉。我們還是好朋友，對不對？」

曉白沒有回答，心底卻長長嘆了一口氣——難道這真的是宿命？只有女生喜歡跟他做朋友，卻沒有男生走過來？

大掃除時，曉白跟班上的肌肉男周嘯天、紙片人田聰敏，以及搗蛋鬼胡伯偉分在一組，負責清掃男生廁所。曉白望著刷子、拖把、清潔劑、水桶……皺起眉頭。在家裡，這些事全是媽媽和三位姊姊做的，他都不用插手；小學六年之中，他被派到的也只是擦玻璃、排桌椅之類的工作。

瘦得像非洲難民的田聰敏情況更糟，他連裝了水的水桶也提不動，唉聲嘆氣說，「早知道就帶我家菲傭來上學，要她幫我掃廁所。」

周嘯天大吼一聲，「你們少丟臉了！連這點事情也做不

來，還要跟菲律賓人求救，真是丟臉丟到外國去，小心你以後變成台傭！我來分工，你們照著做，很簡單的。」

因為周嘯天人高馬大，讓人望而生畏，大家也就不再七嘴八舌，照著他的命令灑水、倒清潔劑、刷洗、沖水，然後把一間間廁所拖乾淨。

大概是廁所很久沒有使用，味道非常噁心，曉白好幾次都快吐出來。周嘯天給了他一個口罩，「戴起來吧！就不會那麼臭了。你只要把它當作電玩遊戲，過了這關，就可以到下一階段，很快就會熬過去！」

他拍拍曉白的背，好像一位極有愛心的大哥哥。曉白很感動，差點流淚，因為他終於結交到男生朋友了！

掃除完，第一天新生訓練很快就結束了。曉白很自然的跟周嘯天、田聰敏一起回家，途中只見凱弟遠遠望著他們。曉白看不清她臉上的表情，只知道她今天好像不怎麼開心。打掃時，她本來分到戶外，也跟別人交換，自願到教室

內擦窗子；平常喜歡邊工作邊唱歌的她，變得十分安靜——
這是曉白提水經過凱弟身旁時看到的。

　　快到家門時，曉白已經是一個人了。凱弟突然追上來，
大聲說，「你要小心，不要交到壞朋友！」

　　「妳是不是嫉妒我，以為我只能交妳這種朋友？」曉白
不知哪根筋不對，竟如此回答。

　　凱弟終於生氣了，「我不管你了！看你以後喊救命時，
誰來救你？」她忿忿的調頭而去。

　　曉白傻傻站在樓下，抬頭望著藍天。陽光十分炎熱，白
雲後面住著上帝嗎？他忍不住問道，「老天，到底誰是我的
好朋友？我會不會交到很多好朋友？」

　　第二天的新生訓練，因為期待跟周嘯天他們碰面，讓曉
白的恐懼減輕不少。雖然半路遇到凱弟，他們卻很有默契的
沒打招呼，不知從哪冒出來的胡伯偉見狀，故意誇張的說，
「怎麼？小倆口不說話啦？你們的愛情這麼禁不起考驗？」

　　曉白從來沒有如此生氣過，他漲紅臉大喊，「你不要亂

說，我跟凱弟只是同學而已！」

　　沒想到，他才踏進教室，王美芸就問他說，「你已經有女朋友了嗎？」

　　曉白一下子沒回過神來，結巴的說，「什麼女朋友？女生幾乎都是我的好朋友！」

　　「我不要做你的好朋友，我要做你的女朋友！」

　　王美芸說話好大膽！是不是從國外回來的人都這麼直截了當？大姊曉紅暑假去美國遊學時，認識一個義大利人；兩人不過說了三次話，他就對大姊說，「妳跟我回卡布里，我要娶妳當老婆！」嚇得大姊天天躲他。

　　此時，曉白只好又使出凱弟教他的絕招——假裝沒聽到，走出教室、去活動中心集合受訓。

　　田聰敏剛好排在他身後，突然伸出手拉他褲腰：「我看看你的屁股白不白？」

　　曉白扭了扭身體，小聲抗議，「不要這樣啦！」

　　田聰敏卻自顧自的說，「真的好白，像茭白筍一

樣，胡伯偉沒說錯！」

曉白低垂下頭，不知道該怎麼辦。他以為周嘯天會仗義執言，未料，走出隊伍的卻是林凱弟，「跟你說過，要大聲叫、大聲抗議，別人才不會騎到你頭上，把欺負你當作每天的早餐！」

「妳不要管我，走開！」曉白一直搖頭，讓女生保護他，真是一件很丟臉的事，他以後在班上還要不要混下去？

凱弟悻悻然的對田聰敏說，「你給我注意，不准再欺負馮曉白！」

一旁的胡伯偉立刻說話，「人家叫妳不要管，妳還硬要管，真是管家婆——管馮曉白家的老太婆！」

「好啦，校長要說話了，你們安靜一點！」這時，周嘯天才出面制止，避免情況更加火爆。

曉白望望周嘯天，給了他一個感激的笑。王美芸拉拉他的衣服，也說，「馮曉白，我會保護你的。」

曉白頭皮開始發麻——這些人到底誰才是真心對他好？

回到教室選拔各級幹部時，比較積極活躍的同學開始表

態想要競選班長或風紀股長,因為這兩個幹部是班上最權威的。對曉白來說,他什麼都不想當,只想無風無浪的平安度過這學期。

投票前,周嘯天卻過來跟他說,「你選我當班長,我可以繼續罩你。」

曉白吞吞吐吐的說,「我不知道,隨便。」雖然不喜歡跟凱弟太接近,可是,他心裡還是比較支持她。

就在他左右為難時,導師作了決定──因為林凱弟小學做了十個學期的班長,又得過優良學生獎,還參加過演講、跆拳、唱歌比賽……幾乎沒有人比得過她的資歷,所以由她當班長。

林凱弟上台發表當選感言時,說道:「雖然你們對我不是很熟悉,但從今天開始,全班三十一位同學都是我的家人!不管發生什麼事情,我都會保護大家到底,也希望我們不要彼此攻擊,不管是男生或女生,一年和班都是一家人!」

這段感人的話,引起熱烈掌聲,連曉白都不禁動容,以

這位好朋友為榮。

漫長的新生訓練終於結束，曉白興高采烈的要跟周嘯天一起回家，誰知道周嘯天竟然掉頭而去，胡伯偉故意問他，「你怎麼不理馮曉白？你不是很喜歡他嗎？」

「誰喜歡他？是他糾纏我不放！」周嘯天把背袋甩到肩上，「田聰敏，我們走，去看跟你說過的Wii。」

曉白很尷尬的走開，不明白事情怎麼會變成這樣？難道是因為他不支持周嘯天當班長嗎？

他滿臉淚水回到家，躲在房間裡一直哭，直到媽媽回家，打開臥室燈，問他，「怎麼回事？弟弟。」

他抽抽搭搭的說了周嘯天的表現，「我以為他是我的好朋友，他卻不理我，還罵我……我又不是蛇，怎麼會糾纏他？」

「不要難過，好朋友必須經得起時間考驗，不是一天半天就可以變出來的。像你跟凱弟就是好朋友啊！」

凱弟？

曉白突然憶起剛剛手機響了，好像就是凱弟留的簡訊。不知道她到底說了什麼？

「謝謝你支持我當班長，我們永遠都是好朋友，希望你漫畫比賽得大獎！凱弟。」

沒有批評、沒有指責，只有感謝與祝福。莫非，就像媽媽說的，凱弟才是他的好朋友？

曉白拿起筆來，在速寫簿上畫下另一則「月光俠」的故事：一個沒有朋友的人，在走投無路時，因為月光俠的幫助，才發現他其實擁有許多友誼。

面對窗外已升起的月亮，淡淡薄薄的灰白，彷彿一張憂愁的臉。一陣涼風吹拂，月亮上的雲霧逐漸散去……。也許，開學以後，他會找到真正的好朋友——一群不會欺負他、嘲笑他的好朋友！

當我們
坐在一起

　　對每個人來說，開學第一天都有不同意義。有人忙著認
識新朋友，有人趕著抄課表，有人則打聽哪一班的帥哥辣妹
特別多。

　　馮曉白卻覺得最重要的事是安排座位，因為這會影響他
整學期的心情。如果碰到愛挖鼻孔的同學，午餐時間就會讓
他噁心好幾次，無法增加肌肉；如果是經常放屁的人，他不
是窒息死掉就是肺部遭到嚴重汙染；假如隔壁坐的是喜歡八
卦的，自己就會變成玻璃缸裡的魚──沒有祕密可言！

　　林凱弟曾經跟曉白商量過，「喂！你要不要跟我坐？我
可以保護你不被欺負。」

　　可是曉白卻拒絕了，他端出自己的爸爸當擋箭牌，以便
跟凱弟保持適度距離，「我爸要我多跟男生打交道，少和妳

們在一起，免得變成像女生一樣。所以，我還是和其他人坐好了！」

「你是不是討厭我？」凱弟有些失望，總覺得曉白念了國中就怪怪的。他們不是好朋友嗎？為什麼曉白卻變得像冰箱打開門一樣，撲面就是一陣冷風？

曉白搖搖頭，沒有再多作解釋。他心裡想的是，如果能跟周嘯天一起坐，最合他的心意；可是他們的身高差了快要十公分，應該沒有希望。

誰知道，班導師謝娟娟跟別班導師不同，十分民主，沒有按照身高排座位，反而問大家，「同學們，如果有近視、弱視、斜視的人，可以先安排座位；如果有誰特別希望跟某人坐，也可以提出要求；不然老師就要請大家抽籤決定，以示公平。」

王美芸很快的舉手，「老師，我有要求！」

曉白看到是糾纏他不休的王美芸舉手，簡直嚇死了！如果她要跟他坐，他該怎麼辦？抵死不從嗎？

胡伯偉幸災樂禍的說，「哈哈！曉白『小姐』，你完

了！」

沒想到，王美芸竟說，「老師，我想跟林凱弟坐。她是我的偶像，不但中文很棒，跆拳道也非常厲害，我要跟她好好學習。」

「林凱弟，妳不反對吧？王美芸同學剛從國外回來，老師擔心她的功課跟不上大家。」導師徵求凱弟的意見。

林凱弟聳聳肩說，「隨便。」

田聰敏卻說，「哇！這一招夠殺，知己知彼、百戰百勝。化主動為被動，國外回來的就是不一樣！」

可是，曉白心裡明白，凱弟即使萬般不願意跟王美芸坐，為了幫他脫困，她仍寧願犧牲自己保護他。曉白望了她一眼，凱弟應該會接收到他說不出口的感謝吧？

安排完有特殊要求的同學後，抽籤結果，曉白竟然跟田聰敏坐；更慘的是，他的左邊是「胡大嘴」胡伯偉，而仰慕的周嘯天離他兩排之遠！看樣子，這學期被兩邊夾殺的他，將永無寧日。

果然，下課鈴聲剛響起，曉白站起身想跟周嘯天說話，

猛不防的，他的褲子被拉了下來！他急急護衛住自己露出半截的屁股，差點哭出來，大聲對著拉他褲子的田聰敏抗議，「你幹什麼？變態！」

田聰敏卻不懷好意的笑笑，「好玩啊！」

胡大嘴立刻跟他一搭一唱，「曉白白，曉白白，曉白的屁股跟臉一樣白！」

曉白穿好褲子後，結結巴巴的說，「你、你要⋯⋯道歉，你是故意的！」

田聰敏卻兩手一攤，「我哪有？是你自己褲子沒穿好，不小心滑掉的！」

「你很⋯⋯很過分！」曉白氣得說不出話來，不知道要如何為自己爭取權益。

已經走出教室準備上廁所的凱弟，聽到曉白的尖叫聲，立刻回頭一看，接著氣呼呼走到田聰敏面前，「你們這種人真是欠管教，立刻跟馮曉白道歉！」

「我為什麼要道歉？妳是他媽媽還是老婆？要妳管！」田聰敏邊頂回去，邊扭頭跟胡大嘴扮鬼臉。

　　胡伯偉向他努努嘴，用唇語警告，「她很不好惹，你要小心！」

　　說時遲那時快，林凱弟已經一把抓起田聰敏的領子，「如果不道歉，我就讓你明天上學沒有鼻子！」

　　「妳敢？我告老師！」田聰敏還嘴硬。

　　同學們開始圍過來，有人代田聰敏求情，「班長，算了啦！不要跟小人計較。」

　　「不行，不給他一點教訓，這種人就會把欺負弱小當作三餐享用，我身為班長，更要主持正義！」凱弟堅決的說。

　　周嘯天總算說話了，他走過來，「班長，給我一個面子吧！這回就算了，下次我保證不插手，隨便妳把他當沙袋練拳，或是當踏墊踩腳。」

　　林凱弟順著台階走下來，放開田聰敏的領子。她其實也不想打人，這種野蠻的行為她還不屑做，只是氣不過馮曉白，既不要她保護，偏偏又不懂得保護自己。經過他身邊時，她故意說，「有本事就不要只會哀哀叫，拿出一點男子氣概來！」

　　等林凱弟走遠，胡伯偉又開始碎碎念，「是嘛！大男生還要靠女生保護，實在有夠丟臉！你還算男生嗎？」

　　曉白覺得自己真倒楣，他是被欺負的人，大家不同情他，反而落井下石，所有的委屈就在這一剎那爆發，他趴在桌上放聲大哭。直到凱弟回教室時，他還在哭。田聰敏立刻撇清關係，「我連一根頭髮都沒有碰他喔！」

　　導師進教室準備上英文課時，曉白的哭聲尚未停歇。導師聽說了前因後果，隨即展開機會教育，「嘲笑同學是最不好的行為，每個人都有自己的個性、長相，不可以用這件事取笑別人。田聰敏，這件事是你引起的，也要由你作結束，快跟馮曉白道歉。」

　　田聰敏很不乾脆的供出胡伯偉，「老師，是胡大嘴要我拉馮曉白褲子的，說他的屁股比臉還白，我只是想證明他的話是真的。」

　　「好啦，不要再說了！你們兩個都快跟馮曉白道歉，老師要上課了。馮曉白，不要哭，把眼淚擦乾淨，挺起胸膛，要像棵不被風吹倒的小草。」

　　「老師！」王美芸舉手發問，「小草是不是應該說『一株』，大樹才是『一棵』？」家裡特地請來老師補習中文的她，有些混淆不清。

　　「好好好，謝謝王美芸同學提醒。不管是一棵或一株，在英文裡就只有a或an，但中文卻有不同量詞。言歸正傳，上課前，老師先幫你們取英文名字……。」

　　曉白緩緩抬起淚痕未乾的臉，眼神略過田聰敏，望向窗外。他的心中依然波濤起伏，煩惱著要如何度過以後的日子？

　　放學時，遠離校門一段路後，胡伯偉和田聰敏追上踽踽獨行的曉白，警告他，「你少叫林凱弟來教訓我們，否則，下次你的裸照就會被貼在學校公布欄上！」

　　「我沒有，是她自己……」才說著，神出鬼沒的林凱弟又出現了，「你們怎麼還在糾纏馮曉白？」

　　「哇！陰魂不散、陰魂不散，快跑快跑！」他們兩個一溜煙就不見了。曉白回頭張望，卻沒看到周嘯天，他是不是

也很討厭自己這麼愛哭？但沒有辦法啊！他就是很傷心。

　　林凱弟關心的問他，「漫畫比賽的結果出來沒？你如果得獎了，以後在學校就可以抬頭挺胸，沒有人敢瞧不起你！」

　　「是嗎？即使得獎，我也要低調一點。妳別告訴任何人我參加比賽，否則⋯⋯否則，我就不理妳了！」曉白說完，也是小跑步離開，可是不知道為什麼，他的心頭卻有一股酸楚的感覺。

　　回到家裡，即使媽媽做了他愛吃的紅燒肉，曉白還是沒有胃口。媽媽摸摸他的額頭，「你是不是感冒了？」

　　曉白閃開媽媽的手，「我沒有生病，只是有點累⋯⋯我不想吃了！」

　　他躲回房間，拿出紙筆，畫啊畫的，月光俠又出現了，這次他仍打擊罪犯，把兩個欺負同學的壞男生關在獅子籠裡，籠外的人拍手叫好，獅子卻被這兩個愛說髒話的人的口臭熏昏了！

　　可是，漫畫是一回事，曉白依然無法調適自己。隔天早

上，他怎麼樣也不想起床。媽媽派曉白最討厭的三姊曉紫叫他，她先是搔癢，接著恐嚇他，「你再不起床，我就要親你囉！一、二、三……」

平常曉白打死也不讓媽媽或姊姊們親他，這回卻沒有閃躲，說什麼都不肯離開床。他使著性子說，「我不要去學校了！那裡像動物園一樣，弱肉強食，我會被撕裂成一片片！」

「你把自己練強壯一點啊！少沒出息了，起來！你這招賴床不上學已經不管用，我國三時就用爛了！」

「啊？什麼？」曉白轉過頭來，不懂曉紫的意思。

「國三時，我受不了天天考試、補習，所以就裝病，還故意絕食。爸媽搞不懂我生什麼病，即使看了很多醫生，也無法引起食欲，只好答應不再逼我補習考高中，讓我去念高職。」

「我跟妳不一樣。」曉白幽幽的說，「我想念高中和大學，將來要當財政部長，這樣就有足夠的錢幫助弱勢族群。可是，我現在不想去學校，想換一間學校！」

　　「爸爸雖然幫忙別人蓋學校，也沒辦法幫你換！我懶得理你，我要上學了，你好自為之！」曉紫放棄努力，離開曉白房間。

　　曉白望著窗外的天空，灰灰蒙蒙的，好像他的心情。世界上為什麼要有這些令人煩惱的事？他為何不能在家學習，非要去學校跟那些討厭的人在一起？

　　房門口又傳來「扣扣扣」的聲響，這回，換大姊曉紅當說客了。「怎麼啦，我的小曉白？才開學沒幾天，你就想蹺課啦？大姊來幫你想想辦法！」

　　大姊平常雖然嚴厲，但曉白知道，她是真的關心他，不像三姊，總是幸災樂禍、一副看好戲的樣子。於是，他把胡伯偉和田聰敏聯手欺負他的事情說出來。

　　「這樣的行為真的很惹人厭，但老師也出面制止了，他們在學校應該不致太囂張。上學或放學的時候，你就跟凱弟一起走，這個女生雖然凶，可是卻很熱心，我看她真是你如假包換的好朋友。」曉紅笑了笑。

　　曉白卻皺著眉說，「我不想跟她走得太近，免得讓同學

笑我們在談戀愛！」

「啊？小小年紀，你就擔心這些？想太多了啦！像你這樣東怕西怕，到底是為誰而活？你要弄明白，自己上學是為了誰？你不是說很仰慕周嘯天、非常欣賞班導謝娟娟老師？還說你要當財政部長？」

看不到周嘯天他倒不在乎，可是，謝老師真的很棒，每天早自習她不會逼大家讀書，而是跟同學分享有趣的時事或感人的新聞，讓他們可以展開快樂的一天。

今天，謝老師說的又是什麼故事呢？

想到這裡，曉白一躍而起，迅速穿好衣服，以最快速度衝出家門！大姊趁他穿鞋時再次提醒，「曉白，永遠記得要為快樂的事情而活，別為憂傷的事情煩惱；當你學會定焦在讓你快樂的人事物時，誰也無法破壞你上學的心情，知道嗎？」

「謝謝大姊！」

曉白搭著電梯往下降，他的心情卻開始上升，好像準備跟春天約會。

　　當他在學校附近的便利商店買鮮奶和茶葉蛋當早餐時，又遇見正在買御飯糰和柳橙汁的胡伯偉。胡伯偉笑他說，「牛奶王子，怎麼？還沒有斷奶啊？」

　　曉白卻挺起胸膛回答他，「嬰兒不只會喝牛奶，也喝柳橙汁！」

　　雖然他的聲音還是很小、心裡仍然非常害怕，可是他覺得自己已經突破很多！

　　胡伯偉拿著御飯糰的手停在半空中，還沒想出應變的話，曉白卻已走出玻璃自動門，迎向早晨的陽光……

原來他的膽子比我還小

　　下課時，馮曉白靠著三樓的圍牆，望著校園裡一棵棵在風中搖曳的大樹。說也奇怪，天氣明明還很炎熱，樹椏之間卻飄落一片葉子，隨風飄到他的眼前。

　　他拾了起來，仔細研究：葉子仍是綠色的，隱約間卻已有了滄桑；它，為什麼不再留戀枝頭？是否受到其他葉子的排擠？

　　他轉動著手中的葉子，眼睛不由溼溼的，想起早自習時，導師謝娟娟說的一則新聞。

　　前陣子有位高中生，班上同學懷疑他偷錢，無論他怎麼拚命解釋，同學們就是不肯相信，還到處造謠，讓他經過學

校走廊時都被眾人指指點點。結果,他受不了這種汙衊帶來的壓力,就跳樓自殺了。

他自殺後的第二天,一位同學因受良心譴責,終於承認是他偷了錢;但是,再也挽回不了已經逝去的生命……

謝娟娟老師問他們,「針對這則新聞,你們有什麼想法?」

同學紛紛舉手發表意見:不能輕易自殺,要勇敢為自己洗刷冤屈;不可以胡亂造謠,造謠的人應該當自殺同學爸媽的乾兒子,代他孝養雙親;偷錢的人應該在謠言四起時就承認偷錢;學校應該處罰造謠的人……

林凱弟卻說,「人都已經死了,說這些有什麼用?也不能挽回他的生命!」

是啊,是啊!有些同學附和她的說法。

胡伯偉卻不以為然,「誰教他這麼脆弱?又沒有人要他去死!螻蟻尚且貪生,他卻一點兒也不珍惜自己的生命。」

他的話立刻引起公憤。鄭依林轉過頭去對他義正詞嚴的說,「你真是一點同情心也沒有!人都已經死了,你還這麼

說？」

謝老師眼看就要引起班級大戰，揮揮手阻止他們繼續針鋒相對，「今天的討論到此為止。老師希望你們私下好好想一想，言語失當的殺傷力有多麼大，我們要學習勒緊自己的舌頭，不要讓它失去控制，就像煞車失靈的車子，橫衝直撞傷了人！」

曉白覺得自己就處在這樣的言語暴力之中，經常感到呼吸困難。可是，每當他撐過一場風暴，就發現自己的抵抗力又增加一些；如果那個被懷疑偷錢的人是他的鄰居或朋友，曉白可能會勸他，不要中了別人的計策，白白犧牲自己生命。

「喂！曉白『小姐』，怎麼對著一片葉子掉眼淚？你應該改名叫『馮黛玉』！」恰巧經過曉白身邊的田聰敏，逮到機會就嘲諷他像《紅樓夢》中喜歡葬花的林黛玉，既嬌弱又多愁善感。

「如果他是『馮黛玉』，你就是『田納粹』，以言語殺人為樂！」班上的「點子王」鄭依林再度仗義執言。

　　田聰敏自討沒趣，只好聳聳肩離開。鄭依林跟曉白說，「你不要怕他們，林凱弟已經跟我說過你的事情。她說你是對女生很友善的男生，所以，我會跟她一樣，加入保護你的行列！」

　　馮曉白輕聲說，「謝謝妳。」但心裡想的卻是：為什麼保護他的不是周嘯天呢？他寧願男生對他伸出救援的手，而不是女生！

　　憂悶了一個早上的心情，卻在午休時得到紓解。

　　正當馮曉白趴在桌上，半睡半醒之間，突然發現書包裡的手機震動著。會是誰呢？爸媽跟姊姊都說過，除非是緊急事情，否則不會打手機給他；而他的手機號碼，除了林凱弟之外，沒有別的同學知道……大概是詐騙集團吧！

　　這麼推測下來，曉白自然不想理睬。沒想到，手機卻持續不斷震動，他只好掏出手機，塞在口袋裡，躲到廁所裡接聽。

　　幾秒之後，曉白卻一邊聽，一邊開始發抖——這是真的嗎？是真的嗎？他拍拍自己的頭，不斷問對方，「你沒有騙

我？真的是我？」

　　他幾乎要大叫、狂叫，叫給全世界聽！可是，他很快的冷靜下來，把手機塞回褲袋，用冷水潑了潑臉，深呼吸一口氣，挺起胸膛，好像他馮曉白的黑白人生，從此變成彩色！

　　因為，剛才他接到的是出版社打來的電話——他的「月光俠」得到漫畫比賽第二名，不但有獎金五萬元，更重要的是，「月光俠」故事將在《酷斃了》漫畫月刊上連載。

　　愁雲慘霧即將煙消雲散，是這樣嗎？曉白興奮的問著自己。

　　整個下午，曉白都處在極度亢奮狀態，老師問問題，他會主動舉手回答；甚至連胡伯偉、田聰敏嘲笑他是「得了躁鬱症的牛奶公主」，他也沒有生氣。

　　放學時分，他遠遠看見林凱弟，很想衝過去告訴她這個好消息，但還是忍住了。萬一他接到的電話，只不過是一場玩笑怎麼辦？還是等他接到得獎通知、領到獎金再說。

　　沒想到，周嘯天卻在身後叫住他，「馮曉白，你星期六有沒有空？」

　　胡伯偉拉拉周嘯天的衣服，「不要找他啦！你應該找女生去，女生比較會打掃清潔。我看到『馮小姐』，就沒胃口了！」

　　周嘯天否決他的提議，「我不想找女生去，免得人家以為我們在談戀愛，我現在對那種事情沒興趣。你如果再反對，你乾脆不要去！」

　　「到底什麼事？再不說，我就要回家了。」曉白搞不懂他們玩什麼把戲，擔心自己又要被陷害。

　　「也對啦！『馮小姐』那麼像女生，說不定很會做家事；但他又不是真正的女生，符合周嘯天的標準。」田聰敏附和著說。

　　周嘯天把書包掛在行道樹上，靠著樹幹，兩手環胸，擺出很瀟灑的姿勢說，「汪俊浩『轉大人』了，所以要慶祝。」

　　「轉大人？」曉白一時沒有反應過來。

　　「就是長陰毛啦！你難道還沒長嗎？」周嘯天問得直接。

曉白的臉紅了紅，暗暗咋舌：原來這種事是可以公開討論的！他只敢告訴林凱弟。

「好啦！言歸正傳。我們決定去遊樂區烤肉，想邀你一起去，建立你跟我們男生的關係。」周嘯天的話將曉白拉回現實。

「好啊、好啊！」曉白沒有問細節，立刻答應。這是多麼難得的機會，可以跟男生一起出去玩！即使不念書、沒寫功課，爸爸肯定會說，「感謝老天，我家曉白終於有男生願意跟他做朋友了，快去吧！」

田聰敏卻冷冷的說，「你不要答應得那麼快。你如果去的話，得負責收拾善後，我們要你做什麼，都不能推辭！」

「好啊！好啊！」曉白依然興致高昂的回答。雖然在家裡大家都保護他，可是，經常跟姊姊們膩在一起做家事，就算沒親自動手，至少也耳濡目染！

當林凱弟聽說了這事，直覺其中必有陰謀，極力阻止，「萬一他們只是利用你，怎麼辦？」

「我不怕！能夠被利用，也是我的榮幸，我決定委曲求

全，只求能夠交到幾個男生朋友。」曉白堅定的回答。

「我不管你了！你最近變得很奇怪。」林凱弟說完後，就氣憤的掛斷電話。

但這頭的曉白卻仍舊興奮著，他躺在床上翻來覆去睡不著──一天之中聽到兩個好消息，「月光俠」似乎帶給他無比的幸運！於是，他乾脆爬起床，畫下「月光俠的快樂祕密」。

月光俠到了一座小鎮，聽見路邊有個女孩哭得很傷心，因為貧窮的她被鎮上居民排斥，沒有人喜歡她。

於是，月光俠對大家宣布，他要公開使人快樂的祕密──可是，他只告訴小女孩一個人。

居民們為了知道快樂的祕密，對小女孩十分友善，她的朋友一下子多了起來⋯⋯

畫到這裡，曉白也希望，有朝一日，他的朋友會多得像天上的星星，數都數不完！

　　烤肉的日子終於到了，曉白背著大姊曉紅買給他的新背包，跟周嘯天一夥人在約定的公車站集合。

　　到了遊樂區，男生們一哄而散，把烤肉的工作丟給曉白。為了討好大家，他只得請教旁邊來烤肉的遊客，如何生火，如何把肉、雞腿、香腸及玉米等輪番烤熟。

　　遊客大概是同情他吧，一邊嚷嚷，「你同學太過分了，把事情都丟給你！如果我是你，早就氣得回家了！」一邊耐心的教他如何烤肉。

　　曉白對他們笑了笑，「不要這樣說，我不在乎的。我爸爸常說，多做多學習，我不覺得自己這樣很吃虧。」

　　「像你脾氣這麼好的小孩就如同台灣帝雉，越來越少了！」遊客搖搖頭，嘆息的說。

　　因為一個人只有一雙手，曉白擔心大家玩水回來，他還沒有烤好肉，情急之下，竟不小心被烤肉架燙到了！這一幕剛好被提早回來打探肉烤得如何的胡伯偉遇上，他不但沒有安慰曉白，還冷嘲熱諷，「哇！再塗一點醬油，把你放在架

上烤，就是烤乳豬了！我想，一定很好吃。」

「烤乳豬？我們今天有烤乳豬？我怎麼不知道！」跟著他回來的田聰敏也尖聲怪叫，「快快快，拿出來讓大家分享！」

曉白低下頭，眼淚忍不住流了出來。他顧不得自己的燙傷，繼續烤肉。和大夥緩步走回的周嘯天，老遠就聽見田聰敏的怪叫，他發現情況不對，出來打圓場，「你們看，『馮小姐』這麼認真，把肉烤得如此可口，你們卻坐享其成⋯⋯大家還不快謝謝他！」

「好吃、好吃，真好吃！馮曉白，真有你的，以後烤肉都帶你來！」汪俊浩是班上的大胃王之一，對曉白的「料理」讚不絕口。

馮曉白這才破涕為笑，「只要你們喜歡吃，我就繼續烤。」

話是這麼說，當大家吃得差不多，又一哄而散去玩別的遊樂設施時，依然留下曉白獨自收拾、整理。他吃著沒人要的焦肉、半生的玉米，望著同學們的歡樂身影，多麼希望不

久的將來，自己也可以跟他們一起歡笑、一起打水仗！

　　就在這時候，周嘯天忽然走回來，「唉！大概吃太多了，肚子不舒服。咦，你怎麼不去玩？」

　　「不行啊！這些沒人清理，我自己慢慢收拾，沒關係的。」曉白苦笑回應。

　　「我幫你做吧！」周嘯天此話一出，曉白感動得幾乎說不出話來。

　　突然，有一隻蟑螂從附近的磚塊縫隙鑽出來，爬到周嘯天腳上。他嚇得大叫，拚命跺腳，「走開，走開！可惡的傢伙！」

　　偏偏蟑螂根本不甩他，東嗅嗅、西聞聞，繼續尋找食物。周嘯天的臉色頓時發白，不由發起抖來，跟他平時耀武揚威的模樣判若兩人。

　　曉白毫不猶豫的拿起舊報紙，朝蟑螂打下去，立刻解決讓周嘯天驚聲尖叫的小東西。

　　驚魂甫定的周嘯天，結結巴巴對曉白說，「你、你不可以把我……我的祕密說出去喔！」

　　曉白好奇他長得高頭大馬，為什麼怕一隻小小蟑螂？忍不住對他說，「那你得告訴我，為什麼怕蟑螂？」

　　周嘯天咬緊嘴唇，猶豫了一會兒，「我相信你不會說出去，才告訴你的喔！我家自從爸爸工作受傷後，對經濟產生很大影響，媽媽只好到餐廳洗碗，不但能賺點錢，還可以拿些餐廳的剩菜回來。我看過很多蟑螂在那些剩菜上爬過，就跟媽媽說我不要吃蟑螂的口水！但她卻說只要洗一洗、煮一煮，就可以吃了；如果我不願意吃，就等著餓死！你說，我對蟑螂怎麼會有好印象？看到牠們，我就想到過去那段痛苦的日子……」

　　「那你現在呢？」曉白聽出周嘯天話裡有話。

　　「我爸爸後來得了糖尿病，他過世以後，媽媽就嫁給我現在的爸爸，總算脫離了貧窮。」周嘯天語調沉悶的說。

　　曉白心裡仍有個很大的問號。也許周嘯天脫離了物質生活的貧窮，但是，他心裡是否依舊不富裕？所以，他仗著人高馬大，偽裝成不可一世的模樣──或許，他並不是自己以為的巨人……

　　望著周嘯天的背影，想起他剛剛倉皇失措的樣子，曉白有著深深的失落感。他心目中的英雄，彷彿豔陽下的冰淇淋，禁不起一點熱度，就融化了。

　　他以後又該追逐哪個英雄？這個世界上，有真正的英雄嗎？

跳到太平洋
也洗
不乾淨

　　曉白正在房間裡寫功課，聽到客廳一陣吵鬧，剛走出來打探原因，就聽到爸爸氣呼呼的說，「真是太過分了！我馮大龍一生清白，竟然遭到這些人抹黑！」

　　「不要生氣，你血壓高，氣壞了身體划不來！」一旁的媽媽勸爸爸冷靜下來。

　　「什麼事？爸爸為什麼罵人？」曉白一頭霧水，平常爸爸罵人大都是說他不像男生、沒有志氣，現在到底是誰惹爸爸生氣了？

　　二姊曉藍解釋，「爸爸最近負責一個社區關懷中心的設計規畫，沒想到卻有人到處放話，說爸爸沒資格拿到這個案

子，他一定是走後門、送紅包，才得到這個機會⋯⋯」

三姊曉紫立刻跳腳，「太過分了！誰在造謠？我去告他誹謗！爸爸是怎麼樣的人，我們最清楚！小時候我不過偷拿同學一枝原子筆，就被爸爸罰跪整晚，他怎麼可能做這種事？」

大姊搖搖頭說，「這個社會就是這麼黑暗！上次我負責一個社團活動，每筆經費都記載得清清楚楚，但有人嫉妒活動辦得很成功，就造謠說我把經費都吞掉了，讓我體會到百口莫辯的滋味。反正啊，嘴巴長在別人臉上，隨便他們怎麼說，上帝都一清二楚的！」

「是啊！我們都相信你，一定也有其他人信任你。就做你應該做的，那些愛亂說話的人，都是舌頭太長、沒事可做，你不要跟著他們起舞！」媽媽也好言安慰爸爸，「來，我幫你放熱水，泡個薰衣草精油浴，放鬆一下。」

曉白目睹這一切，很想把他獲得漫畫比賽第二名的好消息說出來，讓家人開心一點；但是，他擔心爸爸生氣，罵自己書不念、畫什麼鬼漫畫？末了，還是決定暫時隱瞞住，

只讓林凱弟知道──因為，他不曉得應該如何處理五萬元獎金！

他曾經這麼提議，「我看電視劇裡演過，把錢放在罐子裡、埋在地底下，等到需要用的時候再挖出來，這樣就沒有人發現，也不會被小偷偷走！」

林凱弟卻輕拍了他的腦袋一下，「你真笨！沒聽導師說過，有對夫妻就是把錢藏在地底下，幾十年後挖出來，卻變成一堆紙灰，即使他們哭死了也變不回來！」

商量半天，曉白決定接受凱弟的建議，把錢交給林媽媽存起來，林媽媽也答應替曉白保守祕密。

雖然如此，班上的漫畫迷馮如姍卻發表她對《酷斃了》刊物上，最新連載的「月光俠」心得，「我好喜歡『月光俠』的故事，他比蝙蝠俠更可愛！如果月光俠出現在我家窗前，我一定請他到我家住！」

王美芸附和，「對啊！我昨天也買了一本《酷斃了》，『月光俠』系列真的很好看，我希望他幫我寫國文考卷！」

「那是作弊的行為！妳怎麼可以這樣說？根本就侮辱了

月光俠！」知道月光俠身分的林凱弟立刻大聲抗議。

曉白不想加入她們的戰爭，也怕自己不小心露了口風，所以就在紙上胡亂畫著：

有一天，月光俠飛到了「長舌街」，這裡的人舌頭一個比一個長，哭喊著要月光俠救救他們。

月光俠指定他們用長舌掃街、用長舌擦窗戶、用長舌把行道樹上的灰塵洗刷乾淨……

如果繼續抱怨的人，舌頭只會越來越長，甚至長到絆倒自己、沒辦法走路；但是，以懺悔心態認真做事的人，舌頭就會逐漸變短。

在這種情況下，沒人敢再長舌了！

畫到一半，曉白突然肚子痛，於是衝去上廁所。回到座位時，卻發現他的漫畫不見了！曉白不由渾身發冷——萬一，有人比對出他的畫法跟「月光俠」的作者一樣，自己的身分不就曝光了？

提心吊膽的過了一節又一節課，直到放學時，王美芸邀他一起走回家，「我有問題請教你，請你一定要幫我的

忙。」

「不行啦！我得趕快回家。」曉白搖搖頭，如果被凱弟看到，他起碼一個月不得安寧！

「我想請教你有關月光俠的問題……你也沒興趣嗎？」她半撒嬌的說。

天哪！曉白的臉被嚇得更白了，難道他的漫畫草圖落入王美芸手裡？

果然，王美芸趁著校園中已經沒有他們班的同學時，拿出曉白在紙上的塗鴉，問他，「『月光俠』是你畫的，對不對？難怪我覺得每個故事好像都發生在我們身邊！」

曉白拚命搖頭，即使會把頭搖掉，他也在所不惜，「不是我、不是我！我只是喜歡這個漫畫，偷偷學他畫罷了！」

「哼，我才不相信！我爸爸說我的眼力驚人，絕不可能看走眼！這樣好了，如果不讓我再提這件事情也可以──你請我看電影，我就幫你保守祕密！」

曉白還在垂死掙扎，「可是，明明不是我……」

「你到底答不答應？只要我打電話去《酷斃了》一問就

知道，憑我爸是外交官的關係，打聽這麼一件小事很容易的！」王美芸平時看起來很溫柔，現在卻變得不可理喻！

曉白只好勉強答應，心想：不過就是看一場電影罷了。

沒想到，他的運氣還真不好。雖然周六特意選了一間離家很遠的電影院，以免遇見同學，偏偏卻跟帶著女生來看電影的胡伯偉遇個正著！胡伯偉立刻發揮他的大嘴功夫，「哈哈！只要我跟林凱弟說，後天本班就會上演兩個女生的戰爭！」

「你自己還不是一樣，帶女生來看電影？」曉白小聲的說，明知道這招剋不了胡伯偉，但仍不死心的回嘴。果然，胡伯偉只是聳了聳肩，揚長而去。

隔天，星期日一大早，曉白就接到凱弟的抗議電話，「你還說要專心讀書、不交女朋友！你為什麼跟王美芸看電影，卻不和我去吃火鍋？我要跟你爸媽說，『月光俠』是你的傑作！」

「不要啦！」曉白慘叫，幾種壓力一起朝自己壓下來，他真不知道要如何處理。他終於體會到爸爸蒙受冤屈、跳到

太平洋也洗不乾淨的滋味！

　　他真不喜歡擁有祕密，這讓自己幾乎喘不過氣來——他很想跟凱弟說實話，表明自己是受到王美芸要脅，可是，他又擔心凱弟去找她興師問罪，反而把事情鬧大……到時候全班同學都會知道他是「月光俠」的作者！

　　星期一，他真想睡死過去，這樣就不用上學了！但媽媽卻一把掀開棉被，「小豬！再不起床，媽媽要親你了！」

　　媽媽的血盆大口逼近曉白的臉，他立刻跳起來——如果被她親到，肯定會被三個姊姊笑一輩子，他還是硬著頭皮去學校吧！也許凱弟只是隨便說說氣話，她畢竟還是他的好朋友，不會火上加油的！

　　的確，凱弟氣歸氣，還是裝得對王美芸很友善，沒提起這件事；胡伯偉偏偏不放過他，早自習時故意說得很大聲，「哇！我前天看了一部愛情電影，男主角是馮曉白，女主角則是……王美芸！」

　　「你亂說，不要隨便造謠！」馮曉白為自己辯解。

「你們不相信的話可以問王美芸。我手機裡有他們的照片，看一次十塊錢，有沒有人要過來排隊啊？林凱弟，我免費招待妳看！」胡伯偉不懷好意的說。

這下子，曉白就算有一百張嘴巴，也無法說得清楚了！

林凱弟倒是無所謂的笑一笑，「看場電影有什麼了不起？是我建議曉白陪王美芸的。因為她爸媽最近鬧離婚，心情不好……同學嘛！應該彼此互相照顧。誰像你，那麼沒有同情心！」

這下子，焦點落在王美芸身上。鄭依林關心的問她，「真的嗎？美芸，妳好可憐喔！不是失去爸爸，就是沒有媽媽……妳會選擇哪一邊？」

「不要說了！」被提及傷心事，王美芸趴在桌上、放聲大哭起來，「我要跟我爸爸說，你們欺負我！」

胡伯偉領教過王美芸的外交官爸爸的厲害，不敢繼續鬧事，只得摸摸頭，坐回自己的位子。

曉白以為事情就此落幕，萬萬沒想到，上課鈴聲剛剛響起，王美芸擦乾滿是淚痕的臉龐，抬起頭來，說了石破天驚

的話，「我喜歡馮曉白有什麼不對？女生喜歡男生是天經地義的事，況且，他的國文那麼棒，漫畫更優！你們一定不知道，他就是『月光俠』的作者！這麼優秀的男生，我以身為他的同學為榮！」

此話一出，掀起的軒然大波足以把曉白淹沒，「不是我、不是我……」他嚇得快尿出來，立刻衝往廁所，蹲在裡面不敢出來。

這回，換他不停掉淚了。他真不知道該怎麼辦？早知道，就以平常心面對；早知道，就不要把漫畫得獎的事情當作祕密，惹出這麼多風波。大家如果逼林凱弟說出真話，那這件事情恐怕很快就會傳到他家。現在，他比任何人都希望月光俠出現，帶自己脫離困境！

正當他邊發抖邊想像時，有人敲響了廁所門——是導師謝娟娟。她語調溫柔的說，「曉白，出來吧！勇敢面對現實。否則，王美芸說要打電話找她爸爸來，證明自己沒有騙人……事情一旦鬧大了，大家都沒辦法上課，校長也會來關切，說不定還有記者到校採訪。你想幫老師打知名度的好

意，我心領了。」

　　曉白非常喜歡謝老師，不希望為她帶來麻煩，只好委屈的走出廁所，硬著頭皮跟她回教室，頭低得都快貼到地上了！

　　剛踏進教室，卻響起如雷的掌聲。

　　「讓我們熱烈歡迎一年和班的漫畫大師——馮曉白同學！」林凱弟以班長身分，代替全體同學發言。

　　原來，他躲在廁所的時候，王美芸拿出漫畫手稿，說她懷疑「月光俠」是曉白畫的。胡伯偉卻冷嘲熱諷的說，「拜託，馮『美女』還欠人救他，怎麼可能畫出『月光俠』？如果他是『月光俠』的作者，我就學狗叫、繞操場一圈！」

　　田聰敏也附和的說，「對啊！如果『月光俠』是他畫的，我就學烏龜——爬著來上學！」

　　林凱弟見機不可失，況且祕密也掩藏不了多久，乾脆坦言說出曉白得到漫畫比賽第二名的事。現在，全班同學的掌聲代表了對曉白的肯定。

　　當曉白低著頭回到座位，班上同學開始鼓譟，「學狗

叫、學狗叫！學烏龜、學烏龜……」

　　因為怕吵鬧聲太大，引起別班老師過來糾正，導師立刻制止大家，「各位同學，我們先上課，至於胡伯偉及田聰敏同學要不要實踐諾言，等中午休息時間再說。」

　　曉白偷瞄林凱弟一眼，她對著他豎起大拇指。王美芸則丟過來一張紙條，上面寫道：

　　「你是我的英雄！」

　　甚至連周嘯天都在下課時，過來拍拍他的肩膀，「真有你的！」

　　就在這瞬間，曉白覺得大家看他的眼神都不一樣，更重要的是，再也不會有人叫他「曉白小姐」了！

拜託，
我不要做
乖乖牌！

　　馮曉白以為得了漫畫獎項，在班上引起重視，回到家以後，應該也會受到某種程度的歡迎。所以跟林凱弟商量後，他決定主動告知，以免消息傳回家裡，媽媽是最後一個知道的，肯定又會眼淚、鼻涕、唾液齊飛，哭啼啼的說，「媽媽這麼疼你，把你的排名放在爸爸前面，你卻把我放在最、最、最──後面，你怎麼對得起我？」

　　可是，當他在晚餐後跟全家人宣布時，結果竟是一片安靜。

　　隔了好幾秒，才聽到大姊曉紅說，「弟弟，你真不簡單，我們以你為榮！」

　　「不錯嘛！我看你現在可以開始準備考藝術大學了！」

二姊曉藍也稱讚起他。

三姊曉紫卻說，「我才不相信！你的字醜得像鬼打架，你畫漫畫……可以看嗎？」

媽媽則摸摸額頭，「我要暈倒了！你說的是真的嗎？真的得獎了？獎金五萬元？那錢呢？你怎麼沒有把錢拿回來？」

「我寄放在林凱弟家。」曉白小聲的說，低著頭準備挨罵。

果不其然，媽媽尖聲怪叫，「什麼？凱弟的媽媽比我早知道你得獎？你這麼不重視自己的家人，五萬元充公！」

爸爸等到全部人發表完意見後才說話，「曉白，你應該只是一時好奇、衝動，不會想靠畫漫畫過一輩子吧？我馮大龍的兒子不能這麼沒出息！」

「爸爸，畫漫畫有什麼不好？幾米、蔡志忠，還有恩佐都很受歡迎；日本的宮崎駿也是國際級大師。我喜歡畫圖，我喜歡做月光俠！」後面這句話曉白說得很低，好像是講給自己聽。在這種時候，他真希望大叫一聲：「哈利路亞，

CHANGE！」把自己變不見！

「我看，弟弟正急著長大。為了避免發生狀況，我們應該用表決方式，看看他將來適合做什麼？」大姊曉紅提出建議。

支持女權也關懷人權的二姊立刻反對，「我們應該尊重弟弟！他才十三歲，需要摸索學習，不急著決定未來的方向。」

三姊搖搖頭，「我看哪！弟弟是進入反叛期了！你們越反對，他越會反其道而行──他已經過了哭著回家找媽媽的階段。我可是過來人，你們等著瞧吧！」

「少囉唆了！曉白，回房間去念書。你還是做媽媽的乖兒子、我們家的乖寶寶吧！」媽媽擔心爸爸繼續發飆，趕緊勸曉白離開現場。

曉白垂頭喪氣，邊走邊流淚，用力關上房門，表示他的抗議。連向來惡整他的同學都不吝嗇為他鼓掌，為什麼自己的家人反而澆他一頭冷水？喔！不，是冰水！

望著滿牆壁的獎狀，不是第一名，就是模範生，他的前

半生都是一個乖乖牌，所以大家就認定他只能乖乖出牌，不能不按牌理出牌，是這樣嗎？

記得三姊以前放棄第一志願的高中、去高職念美髮之前，也是抗爭許久，才為自己爭到一片天空。既然爸媽都要兒女自力救濟，才願意改變自己的想法，那他是不是也要小小抗議一下？

可是，他向來循規蹈矩，不敢有一點歪念頭，以免五雙眼睛同時射來關愛的眼神，現在他該怎麼辦呢？

曉白上網查了一下「讓爸媽最生氣的事？」、「爸媽最不喜歡孩子犯什麼錯？」、「什麼事會造成親子關係緊張？」等內容，歸納出幾個結論──「說謊」排名第一，難怪剛才他們氣成那樣（他只不過是隱瞞事實，也算說謊嗎？）；再來就是不用功、考試成績差、結交壞朋友、談戀愛、偷竊、蹺家、考試作弊……他到底要選擇哪一件叛逆的事情去做呢？

他撥了通電話給林凱弟，開門見山問她，「妳做什麼事情爸媽最生氣，氣到抓狂？」

「幹麼？你又惹他們生氣啦？」凱弟嗅出不尋常的氣氛，「你已經告訴他們漫畫比賽的事了？」

「對啊，還是妳比較幸福！妳媽那麼民主，她都會鼓勵我說：『曉白好棒、好厲害，你要繼續畫漫畫，將來一定會成為漫畫大師，成為台灣之光！』可是我媽卻阻止我，我爸嘲笑我，讓我覺得好孤單……」曉白嘆了一口氣。

「你不用羨慕我，如果換作是我，他們一樣會攔阻。你知道我爸希望我做什麼嗎？他希望我念法律——因為他覺得我愛打抱不平，而且現在念法律的人是當紅炸子雞，將來我甚至有機會當女總統。可是，我卻想念社會工作、社會福利方面的科系，去幫助弱小。所以，你問我做什麼事情爸媽會抓狂？那就是我不聽他們的話，堅持做自己啦！」

曉白好奇的繼續問，「妳不聽話，他們會不會打妳，或是把妳趕出去？」

「我想想看……他們最生氣的一次，是我六年級時，跟綺雲、海晴去游泳，沒有據實以報，偏偏我又被礁石割到腿，媽媽氣得罵我流血流光了，也沒人同情我！我爸更誇

張，說我萬一被鯊魚吃掉，他也不會去搜救，因為我騙他們我去KTV。結果，我才罰站沒多久，他們就急著送我去醫院，掛急診看腿傷了！」

兩人又閒聊一陣子，曉白掛斷電話後打開數學課本，望著數字、符號發呆。這麼說來，爸媽只是說說而已，不會對他施展殺手鐧囉？畢竟他是馮家唯一的兒子！

經過幾天的考慮、掙扎，曉白最後選定「作弊」表示他的抗議！但他又很掙扎──如果被老師當場抓到，是一件很丟臉的事。媽媽肯定會暈倒，爸爸搞不好會恐嚇他要斷絕父子關係，還會說這可能變成羞恥的紀錄，永遠跟著他，就像報上刊登的，有人中學時當槍手代考，差點因此無法競選民意代表！

可是不知道為什麼，心裡又有一個聲音催促他：「作弊沒關係啦！你平常那麼乖，老師不會處罰你，爸媽也會原諒你，說不定你一炮而紅，從此沒人可以再小看你！」

最後，他決定挑選歷史考試作弊，因為教歷史的洪老師平常最溫柔，講話很小聲，連罵人都像一首小夜曲！

　　至於方法……他真的沒有經驗，好不容易鼓起勇氣問胡伯偉，「你平常作弊為什麼老師都抓不到？你是怎麼作弊的？」

　　胡伯偉瞪大眼睛，一副要吃人的樣子，「誰說我作弊？我得到的每一分都是自己努力讀書換來的……怎麼？是不是你書沒念完，想作弊？」

　　耳尖的王美芸也說，「啊？你要作弊？那會破壞我對你的好印象，我爸爸也不喜歡這樣的男生！」

　　曉白聽不進大家的勸說，可是凱弟卻很擔心，午休時趁著四下無人，問他，「你最近到底怎麼了？怪裡怪氣的。是不是發生什麼事情？我是你的好朋友，你一定要告訴我！」

　　「沒事，沒事。」嘴裡雖然這麼說，但曉白還是很感動，眼眶溼溼的，眨了好幾下眼睛，才把淚水掩飾過去。好朋友就是不一樣，她是發自內心的想幫助自己。可是，他能說嗎？曉白最後決定不說就是不說！他要讓大家刮目相看，不再以為他皮膚白，就像女生一樣膽小，他要廢除「馮妹妹」這個綽號！

他在電視劇裡看過學生的作弊方法，大都是偷看同學、偷翻課本、夾帶小抄……，於是，他花了一個晚上的時間準備小抄，計畫在考試時使用。

大概是他幾乎沒做過什麼壞事，所以一直緊張得臉色發白、手心冒汗，甚至還聽到自己牙齒打顫的聲音。上課鐘響時，林凱弟丟了張紙條過來：「你生病啦？還是想上廁所？」

凱弟這麼問是有原因的，因為曉白擔心男同學偷看他上廁所，通常都是到快上課時，才匆匆衝進廁所，如果裡面人多，他甚至經常憋尿。

歷史考卷發了下來，同學們開始振筆疾書，他卻一個字也看不清楚，眼前一片模糊。趁著洪老師轉過身去，他悄悄拿出口袋裡的面紙，假裝要擤鼻涕——面紙裡的小抄滑落在桌上，他拿起來，對著考卷，假裝書寫。

冷不防的，他聽到胡伯偉大叫：「老師，有人作弊！」

曉白嚇得幾乎要尿褲子了！但他想胡伯偉大概是在說別人，只要自己趕快收起小抄，應該就沒事了。沒想到，洪老

師走過來，一把搶走他手中的小抄，還沒收他的考卷──曉白的臉更白了，簡直就像白磁磚一樣沒有血色，渾身冷到好像進入冷凍庫。

他低下頭，不敢看任何人。原來做壞事被抓到是這種羞恥的感覺，怪不得電視新聞裡歹徒被抓時，都會用衣服罩住頭，不敢見人。

「班長，妳負責維持班上秩序，請同學們繼續考試。馮曉白，跟老師到辦公室。」洪老師嚴厲地作出決定。

曉白才剛站起來，就發現自己實在太緊張，兩腿直發抖，他不敢想像接下來會發生什麼事情。往前走時，他聽到王美芸冷冷的說，「哼！我好失望！」

林凱弟卻悄聲安慰，「曉白，我一定會想辦法救你！」

「這下子真的要哭著回家找媽媽囉！」田聰敏語帶嘲諷。

曉白很懊惱，他竟然連壞小孩都不會做，自己實在太差勁了！前不久得到漫畫比賽第二名，贏得全班掌聲之後，他彷彿從天堂掉進地獄。自己到底怎麼了？他也不知道。

　　校園裡的花草迎風搖曳，而他，恍如風雨中的一棵小樹，就快折斷腰。洪老師的背影，此時看起來，就像是帶他赴刑場接受處決的獄卒。他的腳步越來越沉重，幾乎可以想見爸媽衝進校園時跟暴龍一樣的表情！

　　站在洪老師的座位旁，曉白依舊低著頭，眼淚緩緩流下。洪老師遞給他一張面紙，問他：「馮曉白，老師從開學就注意到你。你一直很安靜，不太說話，上課時很專心，成績也還不錯……今天到底出了什麼事？是不是你怕考不好，會挨爸媽罵，所以才想作弊？」

　　洪老師果然很溫柔，不愧是曉白心中排名第二的老師（第一當然是導師謝娟娟啦）！可是，老師越溫柔，曉白越覺得慚愧──就因為自己想要與眾不同，竟做出這種讓老師傷心的事！

　　他搖搖頭，不想講話，現在說什麼也改變不了他作弊的事實！

　　「如果老師請你爸媽來學校，你覺得可以嗎？」洪老師柔聲提議。

　　曉白還是搖搖頭──本來他是要惹爸媽生氣的，但現在只想回到什麼事都沒發生的過去，他似乎天生注定要做乖寶寶的！

　　洪老師鍥而不捨，努力想引導曉白說出實情，「如果你說出原因，老師可以幫助你。我也不想處罰你！」

　　曉白怯怯的抬起眼睛，原以為老師板著臉，卻意外發現她的嘴角帶著笑，好像菱角一般。她的眼睛也像清澈的湖，可以照亮他的心。

　　他鼓起勇氣說，「我只是……只是想讓爸爸媽媽不要看扁我！」

　　洪老師鬆了一口氣，「是這樣啊！為什麼你會這麼想呢？」

　　曉白簡單說出家人得知漫畫獲獎的事，「其實，我將來也不一定要畫漫畫，只是他們這樣說我，讓我很不高興，就故意惹他們生氣……為什麼每個人都想命令我？我自己不能作選擇嗎？」

　　洪老師笑了笑，「老師跟你說一個故事。你聽過『伊甸

園』吧?上帝造了亞當、夏娃兩個人,讓他們住在伊甸園裡,並且告訴兩人,他們可以盡情享用園裡的果實,唯獨分別善惡樹上的果子不能吃!沒想到,夏娃先偷嘗禁果,接著亞當也吃了,上帝一氣之下,就把他們趕出伊甸園。你知道上帝為什麼生氣嗎?」

曉白歪著頭,想了想,「因為善惡樹上的果子只有兩顆,卻被他們吃光了?」

洪老師搖搖頭,「不是這樣的!你知道嗎?上帝是氣他們不聽話。因為上帝雖然創造了人類,卻不想造出一群傀儡,所以他給予人們自由及選擇權。某些壞事雖然不會讓我們死於非命,但是我們可以選擇做或不做,這才是真正的自由!」

這時,下課鈴響了,不到一分鐘,林凱弟氣喘吁吁的衝進辦公室,「報告老師,最、最善良的洪老師,妳不要怪曉白,他一定是受到什麼刺激⋯⋯,他從來不作弊的,心靈就像他的皮膚一樣白!洪老師,求求妳一定要原諒他。」

凱弟果然以最快的速度來救他了,曉白既羞愧又感動,

「妳不要說了，是我不對！」

洪老師笑著說，「班長，妳放心，老師不會處罰馮曉白，因為他的小抄上面寫的是《同手同腳》的歌詞——『未來的每一步一腳印，踏著彼此夢想前進，路上偶爾風吹雨淋，也要握緊你的手心……』可見得他並不是真的要作弊。老師希望你們都能踏著彼此的夢想前進。好了，回教室去吧！馮曉白，記得明天午休時間到辦公室補考歷史。」

走出辦公室，曉白彷彿剛逃離大烤爐，臉龐熱熱、紅紅的，一陣風吹過，他不禁打了個噴嚏。走在前面的林凱弟回頭望了望他，誇張的說，「你啊～沒有我保護是不行的！」

「誰……誰要妳保護，誰要妳保護！」曉白就像被判無罪的人乍見陽光，無限欣喜。他笑著追上前，作勢要捶林凱弟，兩人一路打鬧往教室跑去。在奔跑中，曉白望著走廊上來回的人群，心頭暖暖的——有好朋友在身旁，感覺就是不一樣！

我要證明
我比別人強

　　今天下午學校鬧哄哄的，幾乎沒辦法上課，尤其一年和班的導師謝娟娟，更是忙得不得了，因為班上的「報馬仔」李玉蓮跑到樓頂，大哭大鬧，說她要自殺！

　　英文課只好因此停擺，導師要班長林凱弟管理秩序，請大家背課文，下一節再考試。

　　可是，大家哪有心待在教室？他們輪流跑到樓頂探聽虛實，尤其是「胡大嘴」胡伯偉對這類八卦最感興趣，沒多久，他就跟全班報告：「你們猜猜看，李玉蓮為什麼要自殺？」

　　還不等大家開口，他就迫不及待揭曉謎底，「哼！跟鄭依林有關。李玉蓮是為了證明自己對她忠心耿耿。」

　　「啊？」曉白驚呼一聲，回頭問鄭依林，「是真的

嗎？」但她緊閉雙唇，搖了搖頭，什麼話也不說，便趴在桌子上。

就在這個時候，導師走進教室，把鄭依林叫了過去，小聲的說，「妳上樓勸一勸李玉蓮，講幾句好話。只要她肯下樓，老師再來處理。」

但鄭依林還是搖搖頭，保持沉默。

其實，曉白多少猜到一點端倪——鄭依林向來喜歡打抱不平，又是點子王；優柔寡斷、牆頭草一般的李玉蓮很欣賞她，自稱是鄭依林的頭號粉絲，簡直把她當英雄崇拜。

可是，昨天鄭依林卻毫不領情，當著幾位同學的面說：「她的崇拜已經變質，竟然干涉我跟男生說話，警告我不可以跟男生一起打球！」所以她決定不理李玉蓮。

大概就是這個緣故，李玉蓮承受不了，才以激烈的手段表示抗議。偏偏她沒有留下隻字片語，所有原因都是大家推測的。

導師還在努力的動之以情，「依林，萬一她真的跳樓，難道妳也無動於衷嗎？老師知道妳的想法，現在先勸李玉蓮

下樓，老師會好好跟她談，教她不要纏著妳，好不好？」

　　望著鄭依林心不甘、情不願走出教室，朝樓頂舉起她沉重的步伐，曉白看看林凱弟，又瞄了瞄王美芸——如果他決定不跟她們做朋友，她們是不是會化敵為友，手牽著手一起走上樓，說她們也要跳樓？那他該怎麼辦？好恐怖喔！

　　最後，李玉蓮滿臉淚痕的下樓了，但鄭依林仍然鐵青著臉，不發一語。看樣子，李玉蓮是永遠失去這個朋友了！

　　放學的時候，曉白想起他在樓梯口偷偷看過的那幕情景：李玉蓮的裙角隨風飄起，似乎只要風再大一點，她就會像枯黃的老葉般，墜落地面，染上一片紅……。

　　為什麼這麼脆弱呢？他從小就不斷受到拒絕、嘲笑，也沒有鬧自殺，只是一個人默默流淚。到底，李玉蓮在乎的是什麼？他實在不了解，只是，他有點明白，每個人的內心深處，都有一處傷痛、孤單的角落吧！

　　這時，林凱弟追上來叫他，「曉白！怎麼走得那麼快？你在練習腳力，要參加運動會是不是？」她拍拍他的肩膀。

　　曉白抬起肩膀，用力一甩，甩掉凱弟的手，「不要碰我

啦！人家看到會嘲笑我。」

　　他低著頭繼續往前走，凱弟則在身後氣呼呼的說，「你真是比政治人物還善變！一下子有說有笑，一下子又翻臉不認人，怪物！」

　　曉白到家後就鑽進房間，忙著看漫畫、畫漫畫，連晚飯也只是象徵性的吃了幾口，又躲回房裡。媽媽追過來問，「弟弟，是不是身體不舒服？」

　　三姊曉紫說，「媽，妳不要管他啦！他在趕流行鬧自閉，學習當『宅男』！」

　　宅男？就是那種天天關在家裡，什麼地方也不去的男生吧！聽到三姊出言諷刺，曉白心想，他還真寧願如此，因為外面充滿豺狼虎豹，正等待機會吞吃他！

　　上星期，爸爸開車載全家人到郊外的海鮮餐廳吃飯。經過加油站時，他獨自去上洗手間，竟然有個中年叔叔跟著他，偷摸他的屁股，還出言嘲笑，「小『妹妹』，你的屁股好像水蜜桃啊？」嚇得他尿意頓失，連出遊的心情也彷彿泡了尿，無比腥騷！

　　後來到了餐廳，他實在憋不住尿，要爸爸陪他去廁所，爸爸卻開口大罵，「膽子那麼小，真沒有用！國家若要靠你們這些年輕人，那真是毫無指望了！」

　　結果還是二姊比較有同情心，答應陪他去。她守在男廁門口，關心的問，「是不是又碰到陌生人騷擾你？唉！你乾脆變性當女生、上女廁，這樣就沒有人會欺負你了！」

　　這段回憶激發曉白的靈感，讓他畫下「我要當女生」的漫畫，作為「月光俠」的本月主題。

　　我要當女生，因為可以坐在馬桶上尿尿。

　　我要當女生，因為會有很多男生喜歡我。

　　我要當女生，因為我掉眼淚沒人會笑我。

　　我要當女生，因為月經來就可以不上體育課。

　　丟下畫筆，曉白問自己：我真的要當女生嗎？當女生會比較快樂嗎？可是，李玉蓮就一點也不快樂！

　　「那要把生殖器官割掉喔！跟太監一樣！」記得小時候

曾跟大姊提及這個願望，她當時這麼對他說。

「那要怎麼尿尿呢？小便會從洞裡噴出來……」

太恐怖、太恐怖了！曉白搖搖頭，甩掉不好的回憶，準備拿換洗衣服去浴室洗澡時，突然看到網路新聞的標題，引起他的興趣：「99大樓，舉辦『展翅高飛』登樓比賽，獎品包括九台電腦、九支手機……」

上次111大樓舉辦登高比賽時，他就躍躍欲試，卻硬是被媽媽、姊姊擋下來，說他不但上不了樓，還會半途昏倒，馮家只有他一個兒子，一定要小心呵護！

媽媽為了阻擋他，說的話更是滅他志氣，「你要證明什麼嗎？不需要啦！即使登上全世界最高的大樓，你還是馮曉白，不可能變成王建民或林義傑！」

他本來就沒有什麼威風，聽了這番話更是挫敗，好像他一輩子也翻不了身——那為什麼每個人還要努力？老師為什麼告訴他們「萬丈高樓平地起」？

這次，曉白決定悄悄報名。如此一來，假若爬不到終點，半途而廢，不會有人知道，也無所謂丟不丟臉；可是，

如果像參加漫畫比賽一樣，出人意料得了獎，他可以就此揚眉吐氣，至少走過校園時不會被人指指點點，「哇！他好娘喔！」

出門比賽前，大姊還問他，「你揹著背包、帶著水壺要做什麼？旅行啊？」

他笑了笑，「我去公園鍛鍊身體。」曉白經常去公園的溜冰場溜冰，這是大家都知道的事，所以他很輕易的躲過大姊盤問。

途中，曉白順道彎去林凱弟家，把昨晚寫好的「遺書」交給她。「我要跟妳玩個遊戲，再過一小時又五分鐘妳才能打開這封信。按照信裡的指示，妳就可以尋到寶貝！」曉白暗想：到那時候，他已經開始爬樓梯，誰要阻止他，都來不及了！

他擔心自己平常運動量不大，甚至有些虛弱，萬一口吐白沫被送到急診室，爸媽看到凱弟轉交的「遺書」，至少了解前因後果，不會責罵他，記者也不會亂寫報導。

接著，曉白趕往99大樓，辦理報到手續。等待主辦單位

和貴賓們致詞時,他開始有些焦慮——若遇到熟人或被家人發現,他就前功盡棄了!

　　就在市長大喊「願我們的快樂長長久久,願我們的健康長長久久,謝謝99大樓的展翅高飛活動,大家加油」之後,比賽正式開始,選手們按照編號,一批批進入大樓。

　　終於,輪到曉白起身了!他重新繫好鞋帶,深吸一口氣,抬起腳⋯⋯這時,卻突然聽到林凱弟在身後大叫,「曉白,你不可以去爬啦!」

　　唉!防不勝防。他早該料到,林凱弟不會按照約定時間打開信,她一定在他走後沒多久,越想越不對勁,提前看了信。「這種不講信用的朋友,太可惡了!」曉白不想回頭,獨自往上爬。

　　「凱弟一定會想辦法趕上我。」想到這,曉白即使爬得氣喘吁吁,仍然一刻也不敢停留,就怕被凱弟追上、硬拉他下樓,要他回家——那他就沒有機會證明自己的能耐了!

　　雖然因為補報名手續而延後起跑,但凱弟也不是省油的燈,只見她急起直追。漸漸的,曉白的腿開始抽痛,抬不太

起來。他回頭看了看，凱弟和他只差一層樓，「妳不要追了，讓我、讓我爬爬看！求求妳……不要阻擋我，我要做、做個勇敢的……台灣人！」曉白靠著樓梯扶手，邊喘邊說。

說完，他打算繼續爬，眼角餘光卻瞄見凱弟兩腳一軟，整個人趴在樓梯上，一動也不動。幾位參加爬樓比賽的人，趕緊繞過她的身邊，繼續向上爬。

怎麼辦呢？照理說，昏倒的應該是虛弱的他，怎麼會是身強體壯的凱弟？曉白考慮不到一秒鐘，決定衝下樓，幫凱弟討救兵。

他跪在凱弟身邊，搖著她的手，「妳醒醒啊！妳不能死！妳死了我該怎麼辦？以後誰來照顧我？」隨後跟來的電視台記者，舉起攝影機現場直播，還把麥克風遞到曉白的面前，「請問這位同學，她是你什麼人？」

「她是我的好朋友啦！你們趕快救她，她快死掉了！她還沒有寫遺書……」曉白忍不住哭出來，好像凱弟已經跟他天人永隔。

很快的，醫護人員趕了上來，扶起暈倒的凱弟。沒想

到，凱弟卻突然張開眼，對著攝影機比了個「Ｖ」的勝利手勢，「哈！我贏了，馮曉白！我成功阻止你冒死爬高樓。還是我比較厲害吧！」

曉白站起來，氣得臉色發白，想要繼續爬樓梯，工作人員卻告訴他，「這位同學，兩位的身體狀況不太適合繼續比賽，請你們到一旁休息吧。」

曉白臉色難看的發飆：「林凱弟，都是妳害的！我永遠都不要理妳了！」接著，就朝休息區衝過去。凱弟追了上來，「是誰剛剛說我死了就沒有人照顧他？」

曉白邊跑邊摀住耳朵，大喊：「哈利路亞，CHANGE！」這個時刻，他只希望自己消失不見，更希望時光倒流，讓他不要說出那句話——難道，他注定永遠要被人照顧？

他竟然
比我還可憐

　　儘管馮曉白刻意隱瞞，但他在99大樓登高的新聞還是被記者報導出來。三姊不但不安慰他，還出言糗他，「你看看你，一點都不上相！照起來好難看！千萬不要讓別人知道你是我弟弟……」

　　二姊比較有人情味，安撫曉白，「現在的記者很可憐。他們沒有新聞報，只好把你當作大明星，亂爆料一通。不用擔心啦！這頂多是『一日新聞』，大家明天就忘了！」

　　二姊經常參加社會運動，也接受過採訪，畢竟較有經驗。果然如她所說，第二天已經沒有報紙提到99大樓登高活動的插曲。可是這件事在校園裡卻餘波盪漾，曉白走到哪裡都被人指指點點。

　　女生羨慕的說，「曉白對凱弟表白的那一幕好感人喔！

如果有男生這麼對我說，我會愛他一輩子！」

男生卻嗤之以鼻，「實在太丟我們的臉了！哪有男生讓女生保護的？我們努力幾世紀的英名，都被馮曉白玩完了！」

再加上大家看了《酷斃了》雜誌當期的「月光俠」漫畫，提到他想當女生，這樣就可以坐著尿尿、來月經……的事，有人開始流傳和曉白有關的謠言，說他根本就是女生！更過分的是，他們就像八卦報紙的記者，派出各路人馬，不斷跟蹤曉白，害他都不敢在學校上廁所，只好在回家途中去速食店借廁所。

沒想到，還是被神通廣大的同學偷拍到他坐著上廁所的照片，甚至貼在學校網站的討論區，引起軒然大波。

凱弟第一個跳出來抗議，「他們這是侵犯了你的隱私！我要告到他們爸媽破產！」

「不要啦！」曉白猛烈搖手，「妳這樣一鬧，本來沒多少人知道的事情，馬上會變成校際新聞……」

話未說完，凱弟就激動的反駁，「你少天真了！若不趕

快制止，你上廁所的照片就會變成網路點閱率最高的，全世界都能看到你上廁所的樣子！你忘了嗎？前不久有人圍著浴巾去學校餐廳的照片，在網路上爆紅！」

周嘯天也出言相勸，「曉白，這件事不能等閒視之。你退一步，別人馬上會前進一步，到時候你就退無可退了！」

「真是的，好噁心！怎麼有人喜歡拍這種照片？」王美芸掩著鼻子，好像她正置身廁所間。

班上的漫畫迷馮如姍提到問題重點，「曉白，你……真的喜歡坐在馬桶上尿尿嗎？」

「對啊！這有什麼稀奇？我家男生都是這樣。因為媽媽說，站著小便會把尿撒在馬桶外面，弄得廁所很臭，所以規定我們坐著尿。日子一久，也就習慣了！」

「怪不得上次去你家，我站著尿尿，出來後被你媽念了半天。」班上的「棒球王」小開抱怨。

「是啊！你走以後，媽媽罰我洗廁所一個小時。所以，不是我不喜歡邀男生到家裡，而是因為我媽的規矩太多了！」曉白藉機說明他經常只邀女生的緣故。

田聰敏歪歪嘴，「真是一家怪胎！」

「奇怪奇怪真奇怪，馮曉白尿尿的姿勢真奇怪！奇怪奇怪真奇怪，馮曉白是女生變的不奇怪⋯⋯」聽到大家正在討論這件事，胡伯偉又在編他的怪歌，曉白只得無奈的搖頭嘆息。

導師謝娟娟的看法跟凱弟相同，決定跟校長據理力爭，要求他嚴懲在網路上張貼偷拍照片的同學，揪出害群之馬。

校長卻希望息事寧人，好言勸走謝老師後，他找了馮曉白到校長室。林凱弟和鄭依林擔心他被校長嚇到，而放棄自己的權利，所以決定陪同曉白前去，為他壯膽。

校長很客氣的請他們坐下，還要祕書倒果汁給他們喝，「馮同學，校長已經要求那位同學刪除照片，他也跟我表達歉意了。你就請爸媽不要來學校追究這件事，得饒人處且饒人⋯⋯」

曉白正想點頭答應，凱弟卻搶先問道，「校長，我聽說已經有記者在校園裡打聽這件事了，怎麼辦？」

「點子王」鄭依林也提出另類看法，「校長，難道您覺

得應該在周會表揚這位同學，因為他利用偷拍的照片幫學校打響知名度嗎？我們應該處罰他吧！否則，大家以後就會常常欺負弱小。」

校長很為難，嘆了一口氣，沉重的說，「我再跟謝老師商量，你們先回去吧！」

經過走廊時，曉白隱約聽到周遭有人嘲笑他：

「他的臉這麼白，屁股更白！哈！應該叫他『白雪王子』……」

「馮公主、馮小姐、馮妹妹、馮少女……哈哈哈！」

曉白搗起耳朵，跑得飛快，躲進了教室裡。

直到放學，曉白都不想跟任何人說話。他不明白自己到底招誰惹誰？皮膚白錯了嗎？坐著尿尿也有問題嗎？當男生為何有這麼多規定？

回家的路上，他獨自走著，拒絕了所有人的陪伴。想哭，卻覺得眼淚已流乾了。如果真有月光俠，最好能把他帶到月球去，那裡的人一定比他還要白，粗獷黝黑的吳剛說不定也被月光漂白了！

　　突然，一團黑影衝過來，差點把他絆倒。他站穩後低頭一看，是隻小白狗，但身上沾了很多泥巴和紅、綠色油漆，變得很醜很髒，甚至有塊白毛好像燒焦一般，看起來真是比他還悽慘、還可憐！

　　接著，兩個大哥哥拿著棍子，追過來要打小狗。曉白下意識擋在前面，忘了自己比他們矮小許多，「你們要幹什麼？」

　　「走開！這隻狗是我們的。牠偷吃了我的漢堡，我要打死牠！」比較高壯的大哥哥憤怒喊道。

　　「不行！如果牠是你的狗，你應該愛護牠才對！」曉白抱起小狗，但牠一直掙扎，似乎以為曉白也要欺負自己。

　　「哼！算了，送給你啦！」另一個大哥哥看到周遭已經有民眾朝這裡投注目光，拉著他的同伴，無趣的走開了。

　　曉白望著懷裡的小狗，牠的腳正在流血，渾身發抖⋯⋯曉白猶豫著要如何處置小狗？

　　後來，他想到了住家附近的動物醫院。

　　楊醫師幫小狗做了詳細檢查，跟曉白說：「幸好只是皮

肉傷，擦擦藥就好了。如果你要收養牠，我可以幫牠除蟲、打預防針。」

曉白點點頭。

當他望著洗乾淨、修剪過毛的小狗，他悄悄幫牠取了名字──「白雪公主」。他帶著「白雪公主」回家時，原以為會引起全家驚喜，歡喜迎接新生命的加入，可是媽媽第一個發難，「你要命啦！弟弟，你連自己都照顧不了，每天還要媽媽叫你起床，洗澡也是三催四請……你還想養狗？把牠丟掉！」

「對啊！弟弟，要嘛就養隻名犬，譬如瑪爾濟斯、喜樂蒂或是紅毛貴賓，養這隻小混種狗做什麼？」大姊曉紅也加入戰局。

熱愛參與社會運動的二姊竟也持反對意見，「弟弟，你已經太女性化了，別又養一隻小母狗。而且，家裡也沒有牠的空間，難道你要抱著牠睡覺嗎？」

「沒關係，只要妳們答應，我會想辦法。」曉白根本沒想到狗狗大小便的問題。就在這時，白雪公主大概是見到這

麼多陌生人，一時太緊張了，忍不住尿在曉白身上。

他立刻帶白雪公主去浴室，接著清理客廳地上的狗尿後，自己再換上乾淨衣服。默默觀察這一切的三姊反常地說出公道話，「我看啊，這是一個訓練弟弟成長的機會。平常我們都太保護他、太寵他了！如果收養這一隻小狗，說不定他可以學著怎麼當哥哥、如何照顧別人！」

最後，大家把決定權留給晚歸的爸爸。曉白一直禱告，希望爸爸的心變得柔軟，還躲在房間裡教導白雪公主，要牠對爸爸和善一點，別隨便亂叫、亂咬。但爸爸回來後，看也不看白雪公主，鐵青著臉說：「家裡有四個女生已經夠多了，而且，我也不喜歡狗的味道。明天送回去！」

「如果送回去，牠就是死路一條……」曉白流下淚來，彷彿已看到白雪公主垂死掙扎的模樣。

可是爸爸說什麼也不讓步，「每天死掉的流浪狗這麼多，你能救得了幾隻？」

曉白不得已只好說：「那我先把小狗放在家裡，我明天去學校問問看，有沒有同學收養牠？」

白雪公主走了，我也不想活了！

　　曉白整天上課時都心神不寧，擔心小狗在家裡不曉得怎麼樣了？放學鈴聲一響，他顧不得跟同學說再見，便以最快速度衝回家，邊喘邊喊：「白雪公主！白雪公主！」

　　比曉白早回家的三姊高聲制止他，「叫什麼叫？你的公主蹺家了！」

　　「牠不可能蹺家！妳在跟我開玩笑！」曉白心頭蒙上了陰影。

　　三姊翻了翻白眼，「我沒騙你！我剛進門時，小狗就衝了出去。我看你啊，不用找了，這種流浪狗沒什麼感情的！」

「妳亂說！牠知道我愛牠，不會跑走的！一定是爸爸趁我不在家，偷偷把白雪公主丟掉了。」

曉白死命跺腳，從來不曾哭得這麼大聲，「哇！白雪公主如果死了，我也不想活了。嗚！我只有牠一個朋友，只有牠最了解我，只有我會保護牠……你們還把牠丟掉，太過分了！」

曉白躲回房間，趴在桌上哭了一會兒。驀地，他靈機一動，打開電腦，立刻發送電子郵件給通訊錄中所有的人，信上不但夾帶白雪公主的照片，還用很大的字體寫著：

請救救我的白雪公主！
牠死了，我也不想活了！

接著，他簡短說明白雪公主的情況，請大家把信傳給認識的人，幫忙尋找。

不久，電腦兒童胡伯偉以嘲諷的語氣回覆他：「死有輕如鴻毛，重於泰山。為一隻狗而尋短，你的生命未免太低賤

了吧！」

　　周嘯天也傳來訊息：「不過是一隻滿街都有的流浪狗，你如果有愛心，可以收養其他狗！」

　　還是凱弟夠意思，她說：「請放心。我立刻到街上尋找公主。找不到牠，我就不吃不喝，不擦美白乳液！」

　　鄭依林好言安慰：「請先不要急著尋死，事情應該還有轉機！」……

　　看著同學冷熱交雜的反應，曉白心急如焚──如果爸爸把白雪公主丟掉，他會丟去哪兒呢？送去動物醫院？還是爸爸上次提到的，出現很多流浪狗的後山溫泉餐廳附近？

　　曉白決定自己出門找白雪公主。趁著三姊去洗澡，他悄悄溜出家門，匆忙往凱弟家方向走去，邊打了通電話給她，約在便利商店見面。接著，曉白轉進自助餐店，買了一隻大雞腿，沿路呼喚白雪公主的名字，「公主！你在哪？我帶了你最愛吃的雞腿喔！只要你立刻出現，我保證不跟你搶雞腿，整隻都給你……」

　　好朋友就是在困難時顯露真情，凱弟比他先到便利商

店門口，遞了兩個熱騰騰的包子給他，「你一定還沒吃飯吧？這是我媽媽剛買回來的，她說：『要找狗也得先填飽肚皮！』」

曉白感動得差點落淚，兩人在路邊坐下，他卻沒什麼胃口，只顧著詢問凱弟，「妳會不會也認為是我爸爸把公主丟掉的？這樣的話，牠一定不會在這附近……」

凱弟嘆了口氣，「我當初就勸你別收養牠，唉！現在怎麼辦？即使你找回來，你爸爸還是會把牠當眼中釘。你乾脆上網問問看，有沒有人要收養牠？」

曉白用力搖搖頭，「不行，我無論如何都要收留牠！我覺得牠比我爸爸還了解我，妳不知道我爸是怎麼罵我的——他要我跟白雪公主一起滾出去！」回想當時情景，曉白的眼淚流了下來。

「哎呀！爸媽生氣時說的話怎麼可以當真呢？我曾看到報紙上寫，有個國三女生因為偷了錢，她媽媽一氣之下就罵她少丟人現眼，不如去死算了，沒想到她真的跳河自殺……她媽媽哭得好傷心，還不斷嚷著：『現在的小孩都不能罵，

我怎麼會要她去死呢？她不知道我有多愛她！」但那個女孩已經回不來，再也聽不到媽媽說愛她……」凱弟低聲開導曉白。

曉白賭氣大喊，「但那是媽媽啊，又不是爸爸！我爸對我好嚴厲，一下子罵我像女生，一下子說我沒出息，有時還說他怎麼這麼倒楣，生了一個脂粉味重的兒子……。我不過是皮膚白了一點、愛哭了一點，有那麼嚴重嗎？」

「我了解你的心情，我媽還不是整天說我黑得像木炭——木炭就木炭，做個快樂、自信的木炭公主也不錯啊！我們分頭去找白雪公主，待會兒到下一家便利商店碰頭！」凱弟是行動派，知道訴苦無法解決問題，樂觀的為曉白打氣。

曉白點點頭，和凱弟兵分兩路。他繼續呼喊著白雪公主的名字，難道，白雪公主真的死了？否則牠怎麼沒聽到他叫牠的聲音呢？

就在這時，鄭依林打手機給他，「曉白，你趕快到青山大廈的門口來！快點！不然就來不及……」話沒說完，她就掛斷了。

　　曉白即刻通知凱弟一起趕過去，心裡胡亂猜測著：是白雪公主受傷了嗎？還是身陷麻煩中呢？

　　遠遠的，曉白就看到白雪公主像位高貴的公主，坐在青山大廈門口，即使警衛一直趕牠，牠卻動都不動。鄭依林則躲在一旁的樹叢中。

　　看到曉白趕到，鄭依林小聲詢問，「這是白雪公主沒錯吧？我剛剛叫牠，但牠因為不認識我，嚇得拔腿就跑，我只好躲起來call你。」

　　曉白不禁握住她的手，「謝謝妳，妳真是公主的救命恩人！」

　　就在這時，白雪公主聽到曉白的聲音，轉過頭來盯著他看。曉白乘機舉起雞腿呼喚牠，「公主，快過來！香噴噴的雞腿喔！」

　　白雪公主猶豫了一下，接著飛奔過來。牠先是舔舔曉白的手，接著才大啃雞腿，曉白撫摸著牠，「才一會兒工夫，你就變得渾身髒兮兮。對不起喔，你一定經歷了種種危險吧？都怪爸爸不好，是他把你丟掉的，對不對？」

「曉白！」突然，凱弟表情焦急的現身，「我媽剛剛打手機給我，說你們家人發現你不見，已經天翻地覆、亂成一團，你媽媽還差點昏倒，你爸爸也報警了……。趕快回去吧！」

曉白望著凱弟，結巴的說，「可是、可是……」

「你別再『可是』了，你要我陪你回家，對不對？」凱弟沒好氣的說。

最後，她和鄭依林索性好人做到底，一起陪曉白回家。經過公園時，他們意外發現附近的電線桿、路燈柱上都貼了「尋狗啟事」，上頭竟是白雪公主的照片，而且還懸賞一萬元！

凱弟笑著說，「曉白，看樣子他們不像你說的那麼討厭白雪公主。懸賞一萬元耶，很多錢呢！而且，那麼短的時間就設計好海報，還張貼出來，他們真的很愛你喔！」

曉白低下頭來，望著懷裡的白雪公主，如果是他冤枉了爸爸，他要跟爸爸道歉嗎？

驚弓之鳥的
鳥故事

　　為了響應節能減碳的環保活動，暑假剛開始，曉白就跟爸媽爭取要買一輛自行車，而且是最流行的摺疊式。

　　起初，媽媽堅決反對，她的理由是，「目前我們這裡還沒有自行車專用道，你必須跟汽車爭道，那多危險啊！我們家就你一個寶貝兒子……」

　　「總統也是他們家的寶貝兒子啊，還不是騎自行車環島！」曉白小聲抗議。

　　沒想到，幫曉白說話的竟然是平時管他甚嚴的爸爸，「媽媽，妳這樣寵著弟弟也不是辦法。既然曉白有心要騎，就讓他買吧！只要小心一點，騎車運動、曬曬太陽也很好啊！我看乾脆全家每人一輛，暑假一起陪兒子去環島！」

　　三姊曉紫立刻哀號，「拜託，我可不想被太陽親吻成巧

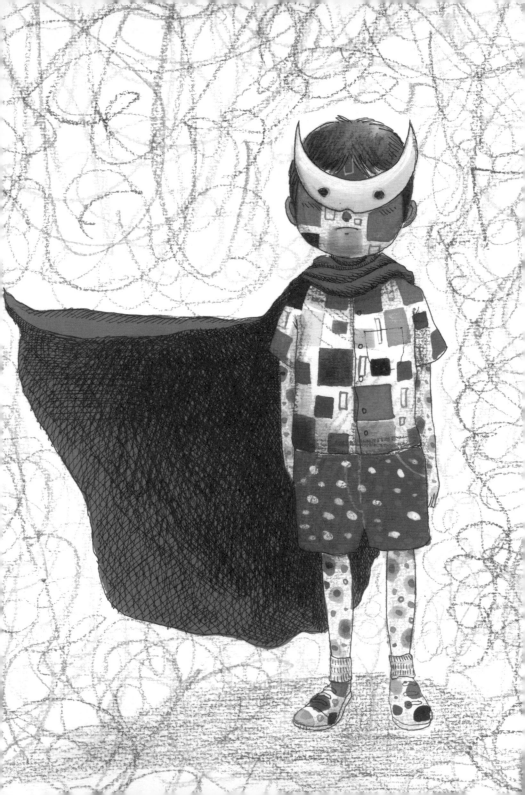

克力公主！況且，爸，這麼衝動之下作決定，你以後肯定會後悔。只要逛拍賣網站就知道，上頭很多騎不到三十公里就折價賣掉的車子！」

話雖如此，但在曉白的堅持和爸爸的支持下，全家還是陪著他到自行車店，挑了一輛珍珠白的七段變速車，花費將近兩萬元。

媽媽耳提面命，「你只能在住家附近騎，不可以到市中心去喔！」

曉白看到新車，眼睛都亮了，心裡計畫著等自己練熟一點，就可以騎車帶白雪公主跑步，因此胡亂點頭，算是答應媽媽。

回到家，曉白迫不及待打電話約林凱弟，告訴她自己買了輛新車，過兩天一起兜風去！

凱弟有些酸溜溜，「我騎著那輛已經掉漆的二手車跟你並排，你會很沒面子喔！」

曉白卻大方的說，「那妳騎我的車好了，我不在乎騎舊車。」

聽到曉白這麼夠義氣，凱弟興奮的叮嚀他這個菜鳥單車族騎車時該注意的事項。

到了約定的那天，曉白抵達和凱弟會面的地點，才發現她還約了另外幾個女生。曉白興奮的問，「妳們也要去河邊兜風嗎？」

「才不是呢！」馮如姍搖搖頭，「我們要去百貨公司逛街、吹冷氣！」

曉白回頭望著凱弟，有些不悅，「妳不是說要去兜風？」

「唉呀，你不要緊張嘛！曬太陽以前，要先懂得怎樣保護皮膚不被曬黑。我們先去試用新推出的美白保養品，你也可以一起來啊！」戴著遮陽帽的凱弟跳下車，把車子固定在停車格裡，用鎖鎖住。

曉白噘著嘴，「我不想去！萬一車子被偷，我會被媽媽罵死！」

「你買的不是摺疊車嗎？裝在包包裡揹進去就好了。快

點啦！不要這麼婆婆媽媽。」凱弟催促著。

「我不要！」曉白勇敢的拒絕了。每次跟著一堆女生進進出出，剛開始他還不覺得怎麼樣，反正從小就習慣了（因為他有三個姊姊）；直到上次陪凱弟去買內衣，女店員們全都圍過來，不但摸他的臉、拉他的手，還問曉白到底是男是女？害他尷尬死了！

「反正妳都這麼黑了，擦什麼都一樣！」曉白隨口說道。

凱弟生氣了，「馮曉白，說話注意一點！誰像你天生這麼白，一點都不懂得體恤別人。好啦！你在這裡等，我們進去一下就出來。」

曉白知道，凱弟的「一下子」起碼也要半小時以上。看著女生們快速離開的身影，他不想在百貨公司門口傻等，因此騎上車，決定自己先去附近轉一轉，試試車子的性能。

騎過兩條巷子，曉白覺得身後好像有人跟蹤他，回頭一看，是另外一個單車族——他的鴨舌帽壓得低低的，似乎不想讓人看到真面目！對方亦步亦趨的緊緊跟著他，讓曉白下

意識聯想到先前在男廁裡，那個毛手毛腳的怪叔叔！

環顧四下無人，更令他毛骨悚然，擔心對方真有不良企圖！曉白只好拚了命的猛踩踏板，胡亂往前衝，想要衝出困境！雖然想喊救命，又怕自己誤會對方，鬧出笑話，只好把「救命」吞了回去。

但是，曉白畢竟還不熟悉附近巷道，七彎八拐的迷失了方向。就在這時，鴨舌帽單車族在後面大聲叫他，曉白嚇得把手一放，整個人朝前撲跌下去——車子撞上路燈桿，他自己則摔破膝蓋，痛得爬不起來。

他回頭張望，只見單車族帥氣的煞住車，大踏步走過來，拉他一把，「小弟弟，有沒有受傷？你怎麼騎得那麼快？附近車子很多，這樣非常危險喔！」

曉白臉上帶著淚，委屈的說，「你為什麼要追我？」

「喔！我是要告訴你，你的褲子後面裂開了，趕快回家換一條褲子吧！」單車族說完，跨上車子就騎走了。

曉白伸手摸摸自己的屁股——果然，褲子裂開了！他羞窘的坐在地上，不敢起身，哭得越發傷心。因為他不但摔傷

膝蓋，還撞破自行車的燈，更重要的是，他氣自己就像一隻驚弓之鳥，把每個靠近他的男生都當成要占便宜的怪叔叔。

就在這時，他的手機響了，曉白低頭一看——是凱弟打來的。

「喂！你跑到哪去啦？」凱弟劈頭直問。

曉白還沒開口，就哭了起來。手機那頭的凱弟急忙問道，「怎麼回事？你在哪裡？我去找你！」

「不要！我不要被別的女生看到。」曉白用力搖頭，好像他已經被一堆人包圍，正指指點點。

「你放心，只有我一個人，她們已經走了。」凱弟說。

曉白支支吾吾的形容了一下附近景象，接著掛斷手機，繼續坐在地上。他頭頂著大太陽，眼淚已經乾了，臉上還冒出不少汗水。

很快的，凱弟找到曉白，大老遠就問他，「你幹麼坐在太陽下？地面很燙耶！我們到樹蔭底下去。」

「不要！」曉白不肯起來。

「是腳痛嗎？」凱弟望著他膝蓋上的血跡。

「妳答應不可以笑我，我才告訴妳。」見凱弟點頭，曉白用手搗住屁股，慢慢起身，小聲的說，「我的褲子……破……破了！」

凱弟還是忍不住的笑出聲來，「我早就跟你說過，騎車要穿運動褲，你偏要穿新褲子，活該！」

「我就知道妳沒有同情心！妳跟別人一樣，只會落井下石、打落水狗！嗚……」曉白已經停止的淚水，又流了下來。

凱弟搖搖頭，打開背包，掏出一件輕便雨衣，「這幾天常常下雷陣雨，所以我都會隨身帶雨衣。你把它圍在腰上，可以暫時遮一下你的褲子。」

看著曉白腰間圍著白色塑膠雨衣的糗樣，凱弟噗哧一笑，「你這樣很像落難的月光俠耶！我看，你又有新靈感囉！」

坐在樹蔭下的行人椅上，凱弟嘆了一口氣，「你知道我為什麼才逛一下就出來嗎？」

「美白用品沒效？」曉白猜測。

　　凱弟落寞的說，「不是！是店員的服務態度太差！我問她，那些產品是不是真的可以美白？她竟然大聲笑我說：『像妳天生那麼黑，什麼仙丹都救不了妳，除非去漂白或許有可能。』這是什麼話？我本來要找經理抗議，可是，不曉得為什麼，她這一番話反而點醒了我──我一直想變白，不願接受自己天生的皮膚顏色，所以我才不快樂……」

　　向來大剌剌的凱弟，突然掩面哭了起來，「其實我以前的樂觀都是假的，我根本不喜歡自己！我討厭自己的黑，就像你討厭白一樣！」

　　這下子，輪到曉白手足無措了。

　　「妳不要哭嘛！嚇死人了！天不怕、地不怕的林凱弟也會哭，好可怕喔！」他絞盡腦汁的想安慰她，「妳看，美國就快有黑人當總統了，黑皮膚就要有出頭天了，妳以後……妳以後也會當總統的！」

　　「我不要當總統！」聽到曉白的安慰，凱弟抬起頭來，破涕為笑，「我要當『黑皮百貨公司』的總經理，專門賣衣服等百貨用品給皮膚黑的人！」

「那妳想不想知道我為什麼摔跤？」看著凱弟感興趣的眼神，曉白緩緩說出他「驚弓之鳥」的故事。

「我實在不喜歡自己這樣杯弓蛇影的，害我都不敢一個人出門，甚至以為對我笑的男生都要吃我豆腐……」

凱弟露出鼓勵的笑容，「那你就要跟我一樣，先學會接受自己的白皮膚。沒人規定男生就是黑皮膚、女生就是白皮膚，就像沒人規定男生得留短髮、女生得留長髮，這是一樣的道理。走吧！我們先去修車子，你按月扣零用錢給我，這樣一來，你媽媽就不知道車子摔壞了。」

凱弟恢復昔日的樂觀，幫曉白扶起車子。曉白用充滿感激的眼神望著她，忍不住說，「妳為什麼常常幫我？」

「因為，上帝愛我，給我免費的空氣、陽光、雨水，所以我也幫助你，讓你享受免費的友情。你以後也要幫助別人喔！」凱弟意味深長的留下這段讓曉白思索甚久的回答。

回到家後，為了記錄這一段「驚弓之鳥」的經歷，曉白畫下「小狗的顏色」這則故事。

　　月光俠飛到狗家莊，引起很大的騷動。

　　有一隻小白狗，憂憂愁愁的到了月光俠面前，請求他，
「我不喜歡自己的一身白毛，因為很不耐髒，我必須常常洗
澡，太麻煩了。請你幫我換一種顏色！」

　　有一隻小黃狗，搖頭晃腦的到了月光俠面前，懇求他，
「我不喜歡自己的黃毛，因為大家都笑我是『黃色笑話』，
還說我是冬令進補排行榜的第一名。請你幫我換一種顏
色！」

　　有一隻小黑狗嗚嗚咽咽的到了月光俠面前，哀求他，「我
不喜歡自己的黑毛，因為半夜三更常常嚇到人，他們都說我黑
皮膚、黑心肝，沒人跟我做朋友。請你幫我換一種顏色！」

　　有一隻半黑半白、又黃又灰的小狗到了月光俠面前，謝
謝他，「我很喜歡自己的毛，因為我有許多顏色。我帶給很多
人快樂，朋友多得不得了。請你千萬、千萬不要幫我換顏色！」

　　於是，月光俠對狗家莊的狗兄、狗弟、狗姊、狗妹說：
「毛的顏色不重要，重要的是——你是不是愛自己、愛別
人！」

　　雖然曉白第一天騎新車兜風，就發生了許多事，但幸好都平和落幕。

　　媽媽看到裂開的褲子，只是笑了笑說，「弟弟，該減肥了。」

　　爸爸看到他擦傷破皮的膝蓋，只是皺了皺眉說，「沒有人學走路不摔跤的。」

　　三個姊姊則異口同聲說，「恭喜曉白，賀喜曉白，車子沒被偷！」

　　夜裡，曉白抱著白雪公主，靠在床邊，自言自語，「我希望有一天，即使沒有凱弟在身邊，我也可以靠自己站起來……」

珍珠奶茶與
蛋糕夢

　　平常在家裡，因為媽媽和姊姊都是女生，所以曉白受盡保護，大家都不讓他進廚房、做家事。可是，老師這次規定的暑假作業，其中一項是要學會跟烹飪有關的才藝，讓曉白煩惱不已。

　　媽媽安慰他，「沒關係，你就拍一張媽媽做的蛋糕照片，說是你做的就好了。」

　　「不行，我還要寫心得報告，沒有親手做，怎麼寫得出來？」

　　爸爸在一旁建議，「你啊！只要專心讀書，其他什麼都不用管。乾脆爸爸教你煮開水，這勉強跟烹飪有關吧？」

　　曉白差點笑出來，「爸，我才不要像你一樣，除了煮開水，什麼料理都不會！」

　　二姊曉藍表達自己意見，「雖然平常我很疼弟弟，可是我也覺得，他應該學點東西了。」

　　「是嘛！」三姊曉紫連忙附和，「弟弟這麼白，搞不好以後沒有女生要嫁給他，就得自己照顧自己！不趁現在學一學，什麼時候學？」

　　大家一陣七嘴八舌後，終於一致通過曉白應該學點廚藝。這下子輪到曉白頭痛了，他開始思索要學什麼？

　　凱弟幾個女生早商量好，要到曉白媽媽的蛋糕店學做蛋糕。可是，曉白不希望再跟她們和在一起，就打電話問周嘯天，「你們想學什麼廚藝？我跟你們一起好不好？」

　　周嘯天遲疑了一會兒說：「剛剛胡伯偉打電話給我，說他家附近百貨公司的超級市場舉辦吃辣比賽，冠軍能獲得很棒的獎品。我們決定報名參加。」

　　「啊？吃辣？好可怕喔！這也算才藝？」曉白伸伸舌頭，好像嘴裡已塞滿辣椒。

　　「當然啦！你能否認『吃』跟烹飪有關嗎？況且只要能贏得冠軍，我就多了一項可以傲視群雄的紀錄。我看⋯⋯，

你還是別去吧！你比較適合跟女生一起做蛋糕。」

周嘯天語帶嘲諷的話反倒激勵了曉白，他毅然決然說：「你不是說，不要被別人看扁的最好方法，就是遇到困難也不可以逃避？好！我跟你們去！」曉白才說完，不由得嚥了嚥口水，但說出去的話，四匹馬也追不回來。想到辣椒，他的胃就開始抽搐。

熱鬧的超市裡到處都是人，有的來參加吃辣比賽，有的則觀戰喊加油。擴音器裡不時傳來吃辣比賽的宣傳：「現在還有三個名額，想參加的人請趕快到服務台報名！」

胡伯偉遠遠看見曉白出現，冷言冷語的取笑他，「你來幹麼？等一下又哭著回家找媽媽！」

「是啊！不敢報名，你來做什麼？」田聰敏趁勢激他。

「報名就報名，誰怕誰！」曉白硬著頭皮報了名，剛好趕上最後一個名額。

這次共有五十位參加者，五個人為一組，比賽吃辣年糕，因為這是韓國食品代理商舉辦的活動。只見一位穿著傳統韓

國服的女生站在鍋子前炒年糕，曉白心想，雪菜炒年糕是他很喜歡吃的菜肴，能學會作法也不錯，就很專心的看著。

沒想到，年糕快炒熟時，韓國女生加入的不是雪菜肉絲，而是許多紅色的辣椒粉！彷彿嫌不夠辣似的，她拚命往年糕裡添加，使得整鍋年糕看起來血淋淋的，有些噁心。

等料理完成，主持人宣布比賽開始。旁觀民眾紛紛擠到前頭拍照，只見第一組之中，大聲叫囂會在一分鐘內吃完辣年糕的人，不過才吃了一半，被嗆得吞也不是、吐也不是，皺著眉頭說，「黏黏辣辣的，很難一口吞下去。」最後他勉強將年糕全部吃完，已花了九十五秒。

胡伯偉分在第三組，是曉白一行人中最先上場的。他拍拍胸脯，「看我的！我會在五十秒內吃完。」因為截至目前為止，最佳紀錄是五十八秒。周嘯天在一旁叮嚀他，應該分小口小口吃，沒想到胡伯偉抬起頭，驕傲的說，「你們幫我拍照存證就好，我知道怎麼吃！」

「胡大嘴」的綽號真不是浪得虛名，他快速塞了一嘴年糕，雖然幾度要吐出來，但仍勉強吞下去。他旁邊的一位彪

形大漢跟他幾乎同時吃進最後一口年糕，結果胡伯偉仍率先
吞下去，高高舉起手，時間剛好是五十秒！他彷彿英雄般，
再度舉手，向鼓掌的群眾鞠躬致謝。

　　曉白目睹眾多參賽者吃辣年糕時的怪異表情，開始渾身
發冷——是超市的冷氣太強，還是他心裡害怕？別說一分鐘
內吃完，他說不定會創下吃最慢的紀錄，那多丟臉啊！

　　他拉著周嘯天，想跟他說自己不想比了。但這時剛好輪
到周嘯天上場，他對曉白眨眨眼，「我告訴你，我要在四十
秒內吃完，你看著吧！我一定是冠軍。」

　　結果，周嘯天差點噎到，整張臉漲得通紅，曉白好擔心
他會窒息。周嘯天身邊的選手則忍不住全吐了出來，還傳來
一股怪味道。圍觀民眾紛紛搗住口鼻，「噁心死了！沒本事
就不要參加！」

　　曉白被人潮擠到外圍，他順勢慢慢退了出去。聽著歡聲
雷動，來不及看周嘯天是否破了紀錄，他便走向電扶梯，決
定不要為了證明自己是貨真價實的男生，就勉強自己做不喜
歡的事。

　　他在街上晃著，不曉得該往哪兒去？頭上的太陽好大，剛離開冷氣超強的超市的他已經滿頭是汗。經過一家冷飲店，他停下腳步，抬頭看著價目表，深吸一口氣，彷彿作了重大決定，鼓起勇氣說：「我要一杯珍珠奶茶。」

　　因為之前曉白喝珍奶時，曾經被胡伯偉嘲笑。「喂！馮曉白，你怎麼忍心自相殘殺？林凱弟是黑黑的珍珠，你是白白的奶，珍珠配奶茶，絕配喔！」

　　那次之後，他再也不喝珍珠奶茶。但是現在，他要衝破牢籠，努力作自己！

　　於是，曉白又跟老闆說，「我還要加雙份煉乳！」管他們是不是笑自己乳臭未乾！

　　接過飲料，曉白大口喝下甜甜的珍奶，他舔了舔嘴巴，覺得好滿足，腳步，不知不覺往媽媽的蛋糕店移動。

　　蛋糕店裡跟超市的吃辣比賽，是兩種截然不同的場景。蛋糕店裡充滿歡笑聲，凱弟穿起向日葵圖案的圍裙十分好笑，王美芸的鼻頭沾了麵粉，鄭依林正專心望著打蛋機裡不

斷拱起的泡泡；意外的是李玉蓮也來了，擺脫「愛哭鬼」的形象，正比手畫腳發表她對蛋糕的心得。

櫃台前的媽媽先發現曉白，驚訝的問他，「你不是跟男生去超市嗎？」

曉白搖搖頭，找了個理由作藉口，「我做媽媽的兒子已經十三年，卻不了解妳的蛋糕事業，所以決定來看一看。」

「你少肉麻了！根本就是喜歡跟女生在一起，還不趕快承認。」林凱弟作勢要吐。

王美芸趕忙釋出善意，「曉白，你快點過來，我們才開始沒多久。」

鄭依林深怕起內訌，趕忙指著一旁戴白色高帽子的大哥哥說，「曉白，這位蛋糕哥哥好厲害！他參加過國際蛋糕比賽，得過許多獎喔！我們特別拜託他教大家做蛋糕——我們想做一個特別的蛋糕，送給謝娟娟老師。」

原來，謝娟娟老師明天將滿三十歲，「點子王」鄭依林提議親手做蛋糕送老師，表現最大誠意。

曉白吐吐舌頭，有些擔心大家的手藝，「萬一失敗了怎

麼辦？」

「你不要這麼悲觀嘛！我不喜歡消極的男生。」王美芸撒嬌的說。

凱弟則把曉白拉過去，「你來看蛋糕哥哥幫我們設計的蛋糕。」

只見牆上貼了一張蛋糕設計圖：一群膚色不同的小人兒正圍著花園跳舞。「哇！如果完成了，一定很漂亮！蛋糕哥哥，你的靈感是從哪來的？」曉白由衷讚美著。

蛋糕哥哥把蛋糕送進烤箱後，笑笑的說，「我應該謝謝你。我是看了『月光俠：小狗的顏色』那篇故事，衍生出來的靈感。」

「你為什麼喜歡做蛋糕？聽媽媽說，你當初考高中時，分數可以念第一志願的……。」曉白不解的問。

蛋糕哥哥邊用各色果汁加麵粉調製的甜醬做成小人兒，邊回答他，「那是個很長的故事了。我爸希望我將來念物理，媽媽希望我當醫生，可是拿到成績單後，我獨自走到人人羨慕的第一高中門前，來回走了許多趟，望著背著沉重書

包、踏著沉重腳步的學長們，不斷問自己：『這是我真正想去的地方嗎？』最後，我選擇傾聽內心深處的聲音，念我喜歡的學校。進了高職後，我拜一位蛋糕達人為師……」

「曉白，我也決定拜蛋糕哥哥做老師，將來為國家爭光！」驀地，鄭依林插嘴進來，興高采烈的說。

「啊？妳不當外交官啦？」曉白問，「妳爸知道了會很失望喔！妳的成績這麼棒。」

鄭依林搖搖頭，「我們不一定要念別人口中的『第一志願』，而是知道自己想追求什麼，才不辜負上帝創造了獨一無二的我們。你不是常說我是點子王嗎？把創意用在設計蛋糕造型上，奪得大獎、為國爭光，不是比外交官更棒？」

曉白不發一語，思索鄭依林的話。

不久，蛋糕出爐了。大夥裝飾花朵及小人兒時，七嘴八舌問蛋糕哥哥問題，還一邊拍照、做筆記，準備為她們的暑假作業畫下美麗句點。

就在這時，胡伯偉幾個男生大搖大擺的走了進來，誇張叫著，「馮曉白，我就知道你又躲到女生這裡來了。真沒

膽，半途落跑。」

　　田聰敏跟著搭腔，「是嘛、是嘛！太丟臉了！連一口辣椒都不敢吃，算什麼男生……」

　　胡伯偉打斷他的話，「你還好意思說？辣年糕吐了一地，害我跟周嘯天雖得到冠、亞軍，卻一點神氣不起來！」

　　田聰敏臉漲得通紅，「你也不怎麼樣！跑廁所拉了三次。我從嘴裡出來，你從肛門出來，五十步笑百步，哼！」

　　「你還說！狗嘴吐不出象牙！你就是這張嘴巴討人厭，難怪永遠長不胖。跟你媽一樣，你爸才會跑掉！」胡伯偉觸碰到田聰敏的禁忌話題，大家面面相覷，臉色凝重，眼看「難兄難弟」反目成仇，風暴似乎立刻就要降臨。

　　就在大家擔心風暴從哪裡來、如何來的當兒，田聰敏順手拿起蛋糕哥哥即將完成的精心傑作，往胡伯偉臉上砸去。頓時，一個個可愛的彩色小人被擠壓得面目全非，蛋糕也變成蛋餅，慘叫聲相繼而出。曉白忍無可忍，大吼一聲，「你、你們太過分了！這是要送給謝娟娟老師的生日禮物，是蛋糕哥哥的心血，是女生們的集體創作！你們只會搞破

壞，這裡不歡迎你們，你們快出去！」

這是曉白第一次生這麼大的氣，把大家都嚇到了，但凱弟的嘴角卻帶著一抹奇怪的笑。馮媽媽這時也從前面櫃台走了過來，「快走吧！你們已經吵到外面的客人了。」

周嘯天跟馮媽媽鞠了一個躬，「對不起，真的對不起！」接著一手抓起田聰敏、另一手勾著胡伯偉，快步走出蛋糕店。

女生們眼眶含淚，手足無措的說，「怎麼辦？蛋糕沒了，明天的生日派對也報銷了！」

蛋糕哥哥卻反過來安慰她們，「別傷心，重新做一個就好啦！只要創意在，就不怕失敗！我明天會準時做一個更棒的蛋糕給妳們！」

曉白呆呆望著胡伯偉的背影，心中納悶：自己竟不再忍氣吞聲，敢對欺負他的人發出不平之鳴，這樣到底是好，還是不好呢？

月光俠
跟我說再見

　　快要開學時，突然傳來了意外的消息，周嘯天的繼父被
調到國外工作，決定帶他一起去，希望國外的生活能夠提升
他的英語能力。

　　雖然周嘯天還算不上曉白的最好朋友，但曉白聽到了還
是很焦急，打電話勸他，「你跟你爸說，現在全世界有八十
幾個國家都在學中文，你應該留在台灣才對。」

　　周嘯天卻說，「我自己也想出國去念書，我覺得這裡的
升學壓力太大了。」

　　「可是，你就這樣走了，我們都來不及給你送行。我的
男生朋友本來就不多，現在又要失去一個了。」曉白幾乎要
哭出來，不曉得如何留住周嘯天。

　　「你不是一直很想跟我們去露營？這樣好了，我約男

生，你約女生，我們去河邊露營，算是給我送行。」

曉白聽了這個建議有點興奮，稍稍沖淡了分離的悲傷，因為這表示周嘯天把他當作好朋友，願意跟他分享他最喜歡的露營活動。

可是，當曉白邀凱弟參加時，卻被澆了冷水。她以當班長的口吻說，「你不知道那個河邊是管制區，今年暑假就淹死了好幾個人，太危險了，你不可以去，誰知道他們是不是安了好心眼。我對那幾個臭男生沒信心。」

凱弟真不夠朋友！曉白難過得又要哭了。一籌莫展之餘，不知道如何回覆周嘯天？正準備不顧一切參加露營活動，他竟然接到謝娟娟老師的電話，「我聽凱弟說，你們要歡送周嘯天，老師給你們一個建議好不好，老師有一個朋友在山上開了一家民宿，種了很多薰衣草，吃的是他自己種的菜，收費也不貴，這樣比去河邊安全。如果周嘯天他們同意，老師就去學校問問看，可不可以讓老師帶隊帶你們去，如果學校同意，你們再去約同學。」

曉白不用問就知道是凱弟跟老師拜託來的，凱弟為什麼

這麼體貼他、了解他，讓他每次怨怪她之後，就會慚愧好幾天。怪不得大姊曉紅說過，凱弟是上帝派給他的天使。

學校批准後，大家分工合作，很快就約定了十五位同學，租了一台二十人座的小巴士，開開心心往山上駛去。

有人找周嘯天合照，有人找周嘯天留言，鄭依林更是鼓起勇氣跟周嘯天說，「我喜歡你很久了，現在你要走了，我一定要告訴你，不然就來不及了。」

周嘯天的臉難得紅了起來，汪俊浩在一旁鼓動他，「說啊！你也趕快說啊！」

周嘯天從背袋裡掏出了一個用粉紅絲帶綁住的小盒子，「這是我送給你的禮物。其實，我也很喜歡你，希望以後我回台灣時，那時候我們都長大了，你可以做我女朋友。」

這一番愛的表白，讓大家「駭」到最高點，又吹口哨又叫囂，司機叔叔不斷回頭提醒，「同學們，請坐在椅子上，山路崎嶇，會跌倒的。」

曉白感動得幾乎流下眼淚，他回頭望望後座的凱弟，凱弟笑得好開心，沒想到她旁邊的王美芸卻開闔著嘴唇，似乎

用唇語對他說，「我也想作你的女朋友。」嚇得曉白趕緊把臉轉回來。

轉了不知道多少個彎，終於到了「奇幻基地」民宿，整個屋子造型很像太空人的基地，站在大片的玻璃前望著四周綠色的森林，他們好像變成一個個蓄勢待發的太空人。

民宿主人「奇幻哥哥」是謝老師的高中同學，大學念的是機械，卻放棄了高薪的工作，跑到山裡實現自己的夢想。他把附近的山地整理成階梯狀，種了各種香花植物、香料植物，以及迷你水果。

當他們把行李放到房間後，奇幻哥哥就帶他們遍山四處遊走，教他們採桑椹做果醬，採金橘做果汁，大家紛紛以一叢叢的薰衣草、彩色辣椒、紫蘇、百香果⋯⋯當作背景拍照。

晚餐吃的是山上的野菜、竹筍，有些菜大家幾乎都叫不出名字，好奇的不停問，不停做筆記。唯有曉白，心情逐漸沉重，想到美好的日子就要隨著太陽的下山一起結束，鼻頭酸酸的，擱下碗筷，獨自到房間拿了換洗衣物，到浴室洗

澡。

　　淚水隨著沖洗頭髮的泡沫水，一起流下，他現在才知道分離的滋味好像掏心挖肝割肉，好痛好痛，他不喜歡分離，他一點都不喜歡分離。

　　就在他無比感傷的時候，浴室門上方傳來怪聲，他抹去臉上水珠抬頭一看，竟然是一台數位相機對著他，他慘叫起來，下意識用手遮住自己赤裸的身體，胡伯偉卻在門外尖笑，「馮曉白，我這張照片PO上網，哇！點閱率一定超高的。」

　　曉白討厭死了胡伯偉，這麼殺風景，雖然他因為曾經在夏令營時被人偷窺洗澡，早就有先見之明穿著內褲淋浴，還是按捺不住心中的怒火。

　　穿妥衣服走出來，曉白提出抗議，「老師，你叫胡伯偉自己下山，我不要跟他住一個房間。」

　　「對啊！不知道自己這麼討人厭的人，是沒有人歡迎的。」過去跟他一搭一唱的田聰敏，也在一旁嘲諷他。

　　「好啦！看在老師跟周嘯天的面子上，你就不要計較

了。」謝老師拍拍曉白的頭，「老師知道你受了委屈，好不好？不生氣了。」

大概是離情依依的緣故，曉白睡得不安穩，一直翻來覆去。半夜起床上廁所，卻看到司機叔叔坐在花架下抽菸，他忍不住問他，「陳叔叔，你怎麼不睡覺？」

司機叔叔熄了香菸，淡淡的說，「看到你們那麼快樂，我想起了我的女兒。」

「她怎麼樣了？」

「她跟她媽媽走了，我已經很久沒有看到她了。」星星好像掉進了司機叔叔的眼睛裡，細小的光芒閃了閃。

「如果你想念她，你就寫信告訴她，或是告訴月光俠，他會幫你轉告的。」

「謝謝你，我去睡覺了，你也趕快睡覺，睡眠不足，很容易暈車喔！」司機叔叔似乎不願意繼續話題，轉身回房。

餐廳剛好面對太陽升起的方向，早起，喝著現打的豆漿，吃著有機燒餅夾蛋與生菜，周嘯天站起身感性的說，

「我用這一杯豆漿敬大家，我很高興跟大家做同學，雖然只是短短一年，希望有機會可以繼續這一份友誼。」

曉白心裡很想說「周嘯天，不要走」，他卻緊閉雙唇。也許，這是成長階段必須面對的場景，大家都那麼開心，他不應該殺風景。

上了巴士、揮別奇幻哥哥，在不斷轉彎的山路中，大家很快的睡著了，只有曉白睜大眼睛東張西望，希望相處的最後一刻過得越慢越好。

突然，車身晃了晃，曉白嚇了一跳，以為是地震，連忙問：「陳叔叔，怎麼回事？」

「沒事、沒事，你放心睡覺吧！醒來就到家了。」司機叔叔安慰他。

可是，曉白心中卻不平靜，望著山路兩邊，一邊是綠蔭茂密的山谷，偶爾冒出一條小溪，另一邊是山壁，萬一車子失控，滾落山谷，他們只有死路一條，除非撞向山壁，還有機會。

他拍打自己的腦袋，禁止自己有這些讓人毛骨悚然的想

法。未料，車子又傳來怪聲，車頭一偏，果然如同他的夢魘撞向山谷，曉白開始慘叫連連，「救命啊！救命啊！凱弟，救命啊！」這一定是惡夢，一定是惡夢。

車子接連兩個翻滾，發出極大的撞擊聲，幸運的是，被一棵巨大的樹幹擋住了滑落的巴士。有些同學被摔出了破裂的車窗，但是，大多數同學卻陷在扭曲的車子裡，所有的背包、零食，散落四處，斜坡上的樹叢裡掛著手機、相機、水壺，景況悽慘。

曉白邊發抖邊從車窗爬出，玻璃把他的手腳都割破了，流出鮮紅的血，回頭張望，被他叫醒的凱弟也爬了出來，一旁的胡伯偉哀哀叫著，「快點走，快點離開這裡，我看到車子的油漏出來了，電影裡演的，很快就會爆炸。」

這時候，車子裡傳出了呻吟聲，田聰敏呼喊著，「我的手好痛，救救我。」

胡伯偉卻假裝沒有聽到，「你們不走，我要趕快往上爬了。」

「不行，我們不能這樣。」雖然田聰敏平時常常惡整曉

白，他卻不願意撒手不管，他叫住凱弟，「我一個人沒辦法，你幫忙我，我們一起救大家。」

「曉白，你自己也在流血。我先打電話給奇幻哥哥，請他趕緊找救援。」凱弟總是那麼冷靜，先討救兵，然後，跟著曉白鑽入車子裡。

只見田聰敏被變形的座椅壓住上身，無法動彈；前方的鄭依林正在幫忙周嘯天從兩張椅子的夾擊中脫困；司機叔叔的頭上都是血，倒在駕駛座上。

曉白真的慌了手腳，不知道應該先救哪一個，靈機一動，他大喊一聲，「哈利路亞，CHANGE！」只要他變成了月光俠，他就可以帶大家脫困。

說也奇怪，平常像一隻白斬雞的曉白，突發神力，搬起了座椅，把田聰敏拉了出來。接著，又去幫忙周嘯天。因為擔心大家安危的緣故，他的臉上又是血、又是淚，他根本忘了這些同學平時如何的嘲笑他、欺負他。

喘息片刻，他們彼此互問，「謝老師呢？怎麼沒有看到她？」

　　還好，她只是皮膚擦傷，正在指揮另一邊車外的同學們幫助受傷同學爬到路面上。

　　也不知道經過多久，曉白只是拚了命的救人，大概是失血過多，整個人頭很昏，視線也有些模糊。直到他們把昏迷不醒的司機叔叔拖出車子，曉白才鬆了一口氣，還來不及叫凱弟清點人數，他往後一倒，昏了過去。

　　曉白嘴裡不停說著，「要數一下人數，要數一下人數，有沒有人還在車裡面？」

　　車子開始起火、冒煙，大家慘叫著四散逃去，卻沒有人理曉白。火越來越大，他已經看不清周遭的事物，就在這時，月光俠出現了，他揮動著披風，火逐漸熄滅，他輕輕抱起曉白，雙腳一蹬，朝天空飛去。

　　曉白叫著「月光俠！月光俠！你不要走！」隱隱約約聽到有人叫他，是媽媽，又好像是大姊，不對，是凱弟，他慢慢張開眼睛，許多張臉對著他，許多雙眼睛望著他，更有許多的人圍著他。

　　他到底在哪裡？依稀記得發生了車禍，他是不是受傷了？為什麼這麼多人圍著他？就像曾祖母過世前一樣，所有家人都圍著她，聽她說遺言。

　　他嚇到了，慌忙問，「我──是不是快要死了？」

　　有人喊著「醒了醒了！」，有人喊著「快叫醫生來！」還有人喊著，「曉白，你好厲害！」

　　到底怎麼回事？「媽媽呢？姊姊呢？凱弟呢？」他突然坐了起來，車禍那一幕恐怖的鏡頭立刻鮮明起來。

　　爸媽和三個姊姊靠了過來，媽媽緊握住他的手，「弟弟，好險啊！媽媽差點失去了你。」爸爸則欲言又止，終於說出口，「曉白，爸爸以你為榮。」

　　凱弟站在床尾跟他揮手，「曉白，你真的變成英雄了，如果不是你，救兵到的時候，可能已經來不及了。」原來，奇幻哥哥接到凱弟電話，立刻通知附近農家趕到現場，把大家平安帶到地面。當曉白被抬上來的時候，車子突然起火燃燒、爆炸。

　　曉白這才看清楚身邊的同學臉上、手臂上、頭上幾乎都

貼了膠布、綁了繃帶，他一一點名，少了田聰敏、周嘯天、
鄭依林……。

　　凱弟讀出了他的擔心，立刻告訴他，「周嘯天大腿斷
了，鄭依林在陪他，他們要我轉告你，謝謝你，周嘯天也暫
時無法出國了。田聰敏手臂骨折，他說——」

　　「我自己說……」田聰敏手臂吊著繃帶，坐著輪椅進
來，「曉白，我一定要親口謝謝你，我為以前的我道歉，以
後，不管是誰欺負你，我一定誓死捍衛你。」說著，田聰敏
流下了眼淚，啜泣著，大家的眼眶也都紅了。

　　謝娟娟老師走了過來，「我想，曉白昏迷了那麼久，剛
剛醒過來，一定累了，我們就讓他跟家人相處，大家明天再
來看他吧！」

　　凱弟則帶頭喊著，「我們一起說，曉白，謝謝你，我們
不能沒有你。」

　　「曉白，謝謝你，我們不能沒有你。」一聲又一聲，響
徹病房裡。

　　曉白的淚水緩緩流下，這一刻，他開始有點喜歡自己，

不再因為自己皮膚的白皙生氣，不再擔心以後會受到欺負。眼尾不經意間掃向天空已經陰暗的窗外，意外的，月光俠正坐在窗台上，跟他微笑，然後，跟他揮揮手說再見。

　　他舞動著銀白色的披風，飛向夜空，好像要去執行另一個任務。但是，曉白卻有一個感覺，月光俠這一次走了以後，再也不會回來了。他也舉起手，好像跟同學再見，心裡說的卻是「月光俠，謝謝你，再見！」

　　同樣也是離別，同樣帶著感傷，但是，曉白的嘴角卻悄悄揚起，笑開成了一朵向日葵。

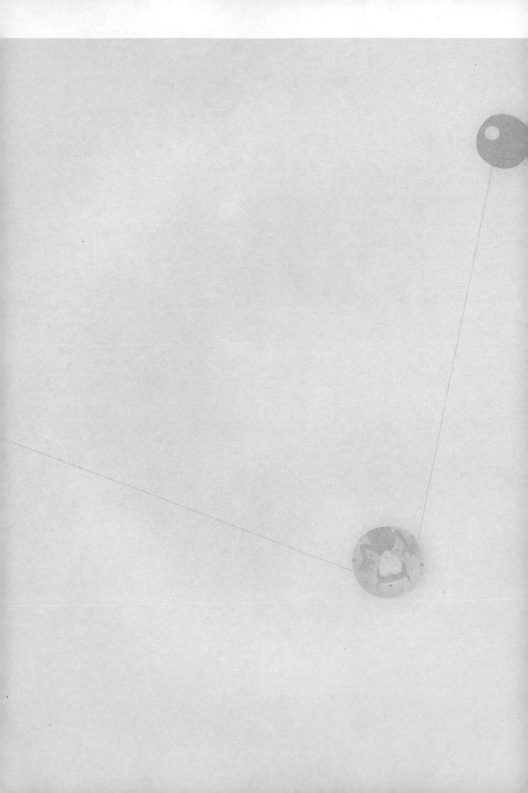

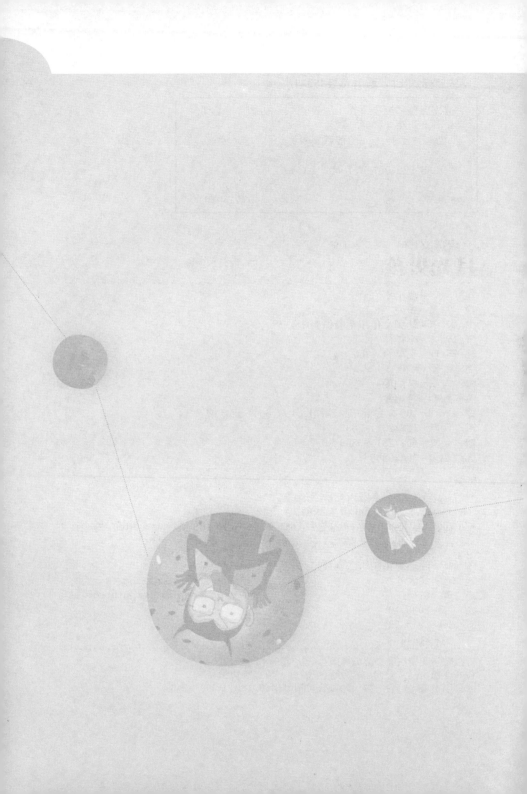

國家圖書館出版品預行編目資料

月光男孩／溫小平作；恩佐圖 . --初版 . --台北
市：幼獅，2008.10
面；　公分. --（智慧文庫）

ISBN 978-957-574-711-4（平裝）

859.6　　　　　　　　　　　97016076

· 智慧文庫 ·
月光男孩

作　　　者＝溫小平
繪　　　者＝恩佐
出 版 者＝幼獅文化事業股份有限公司
發 行 人＝李鍾桂
總 經 理＝王華金
總 編 輯＝劉淑華
編　　　輯＝林泊瑜
美術編輯＝裴蕙琴
總 公 司＝10045 台北市重慶南路 1 段 66-1 號 3 樓
電　　　話＝(02)2311-2832
傳　　　真＝(02)2311-5368
郵政劃撥＝00033368

門市
●松江展示中心：10422 台北市松江路 219 號
　電話：(02)2502-5858 轉 734　傳真：(02)2503-6601
●苗栗育達店：36143 苗栗縣造橋鄉談文村學府路 168 號(育達商業技術學院內)
　電話：(037)652-191　傳真：(037)652-251

印　　　刷＝欣佑彩色製版印刷(股)公司
定　　　價＝200 元
港　　　幣＝67 元
初　　　版＝2008.10
二　　　刷＝2013.09
書　　　號＝984125

幼獅樂讀網
http://www.youth.com.tw
e-mail：customer@youth.com.tw

幼獅文化公司 ／讀者服務卡／

感謝您購買幼獅公司出版的好書！
為提升服務品質與出版更優質的圖書，敬請撥冗填寫後（免貼郵票）擲寄本公司，或傳真
（傳真電話02-23115368），我們將參考您的意見、分享您的觀點，出版更多的好書。並
不定期提供您相關書訊、活動、特惠專案等。謝謝！

基本資料

姓名：＿＿＿＿＿＿＿＿＿＿＿＿＿＿＿＿＿先生／小姐

婚姻狀況：□已婚 □未婚　職業：□學生 □公教 □上班族 □家管 □其他

出生：民國＿＿＿＿＿＿年＿＿＿＿＿＿月＿＿＿＿＿＿日

電話：（公）＿＿＿＿＿＿（宅）＿＿＿＿＿＿（手機）＿＿＿＿＿

e-mail：＿＿＿＿＿＿＿＿＿＿＿＿＿＿＿＿＿＿

聯絡地址：＿＿＿＿＿＿＿＿＿＿＿＿＿＿＿＿

1.您所購買的書名：　**月光男孩**

2.您通常以何種方式購書?：□1.書店買書　□2.網路購書　□3.傳真訂購　□4.郵局劃撥
（可複選）　□5.幼獅門市　□6.團體訂購　□7.其他

3.您是否曾買過幼獅其他出版品：□是，□1.圖書　□2.幼獅文藝　□3.幼獅少年
□否

4.您從何處得知本書訊息：□1.師長介紹　□2.朋友介紹　□3.幼獅少年雜誌
（可複選）　□4.幼獅文藝雜誌　□5.報章雜誌書評介紹＿＿＿＿＿報
□6.DM傳單、海報　□7.書店　□8.廣播(　　　　)
□9.電子報、edm　□10.其他＿＿＿＿＿

5.您喜歡本書的原因：□1.作者　□2.書名　□3.內容　□4.封面設計　□5.其他

6.您不喜歡本書的原因：□1.作者　□2.書名　□3.內容　□4.封面設計　□5.其他

7.您希望得知的出版訊息：□1.青少年讀物　□2.兒童讀物　□3.親子叢書
□4.教師充電系列　□5.其他

8.您覺得本書的價格：□1.偏高　□2.合理　□3.偏低

9.讀完本書後您覺得：□1.很有收穫　□2.有收穫　□3.收穫不多　□4.沒收穫

10.敬請推薦親友，共同加入我們的閱讀計畫，我們將適時寄送相關書訊，以豐富書香與心
靈的空間：

(1)姓名＿＿＿＿＿e-mail＿＿＿＿＿電話＿＿＿＿＿

(2)姓名＿＿＿＿＿e-mail＿＿＿＿＿電話＿＿＿＿＿

(3)姓名＿＿＿＿＿e-mail＿＿＿＿＿電話＿＿＿＿＿

11.您對本書或本公司的建議：

10045　台北市重慶南路一段66-1號3樓

幼獅文化事業股份有限公司

客服專線：02-23112832分機208　傳真：02-23115368

e-mail：customer@youth.com.tw

幼獅樂讀網http：//www.youth.com.tw